名家自选
精品系列

感动的力量

名家自选精品系列

名家自选精品系列

感动的力量

曹文轩 著

安徽少年儿童出版社

图书在版编目(CIP)数据

感动的力量 / 曹文轩著. —合肥:安徽少年儿童出版社, 2015.6(2019.1重印)
(名家自选精品系列)
ISBN 978-7-5397-8075-7

Ⅰ.①感… Ⅱ.①曹… Ⅲ.①散文集 – 中国 – 当代 Ⅳ.①I267

中国版本图书馆 CIP 数据核字(2015)第 089324 号

MINGJIA ZIXUAN JINGPIN XILIE GANDONG DE LILIANG

名家自选精品系列·感动的力量　　　　　　　　　　　　　曹文轩　著

出版人:张克文　　　　　策　划:何军民　　　　责任编辑:何军民
装帧设计:薛　芳　　　　责任校对:冯劲松　　　　责任印制:田　航
出版发行:时代出版传媒股份有限公司　　http://www.press-mart.com
　　　　　安徽少年儿童出版社　E-mail:ahse1984@163.com
　　　　　新浪官方微博:http://weibo.com/ahsecbs
　　　　　腾讯官方微博:http://t.qq.com/anhuishaonianer（QQ:2202426653）
　　　　　（安徽省合肥市翡翠路 1118 号出版传媒广场　邮政编码:230071）
　　　　　市场营销部电话:(0551)63533532(办公室)　63533524(传真)
　　　　　（如发现印装质量问题,影响阅读,请与本社市场营销部联系调换）
印　制:阳谷毕升印务有限公司
开　本:635mm×900mm　1/16　印张:12　插页:8　字数:130千字
版　次:2015 年 6 月第 1 版　2019 年 1 月第 4 次印刷

ISBN 978-7-5397-8075-7　　　　　　　　　　　　　　　定价:29.00 元

版权所有,侵权必究

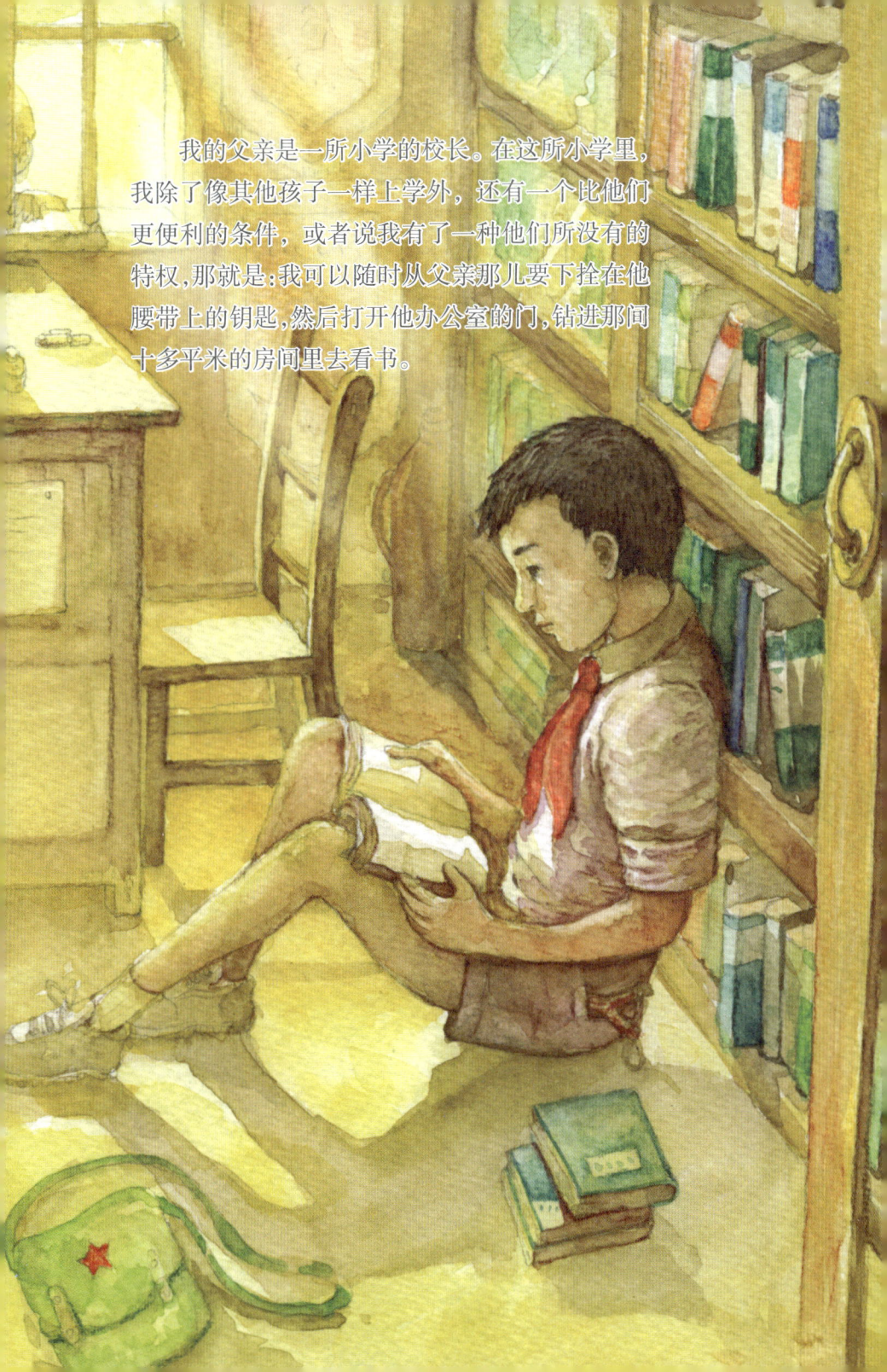

我的父亲是一所小学的校长。在这所小学里,我除了像其他孩子一样上学外,还有一个比他们更便利的条件,或者说我有了一种他们所没有的特权,那就是:我可以随时从父亲那儿要下拴在他腰带上的钥匙,然后打开他办公室的门,钻进那间十多平米的房间里去看书。

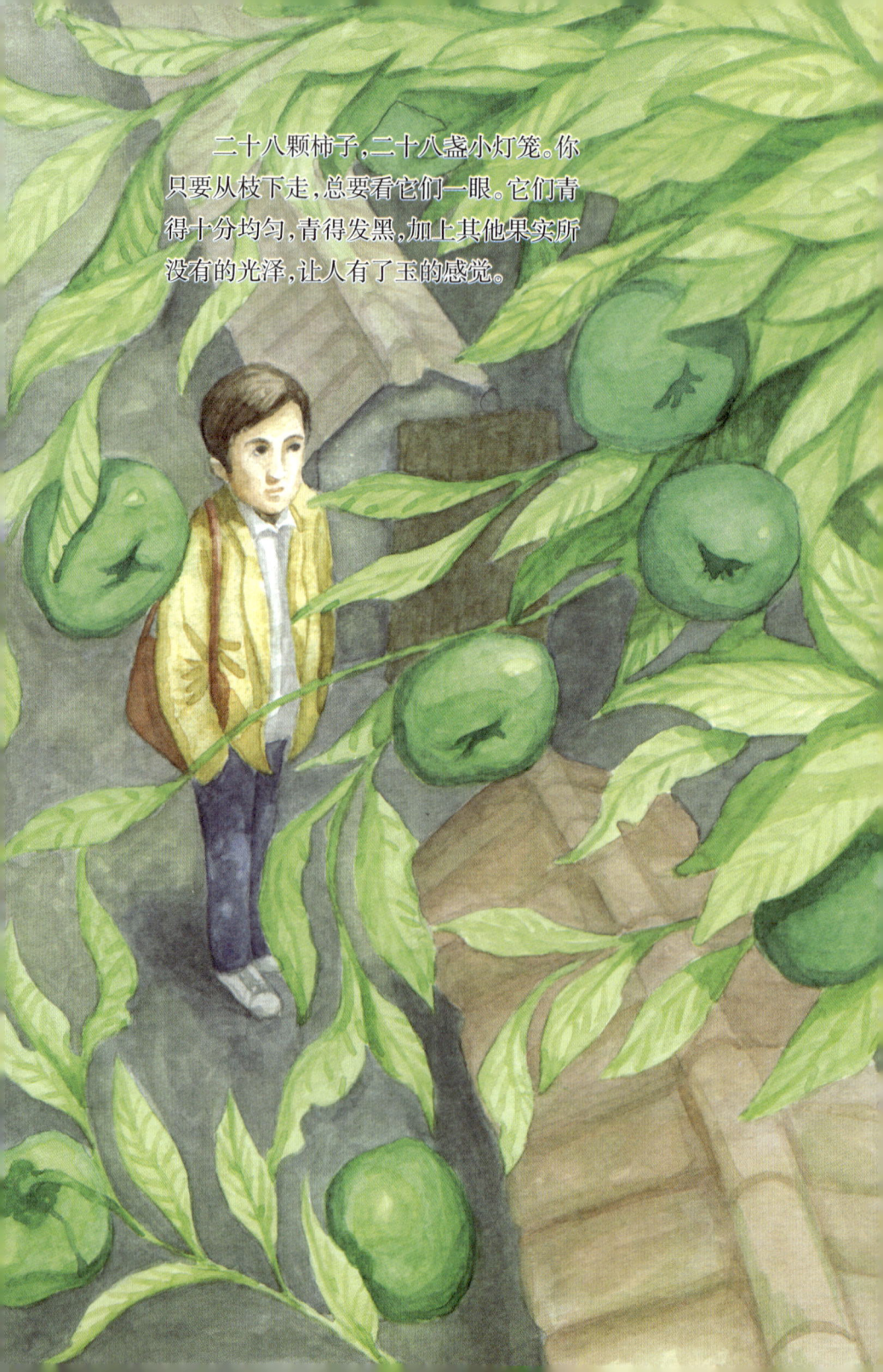

二十八颗柿子,二十八盏小灯笼。你只要从枝下走,总要看它们一眼。它们青得十分均匀,青得发黑,加上其他果实所没有的光泽,让人有了玉的感觉。

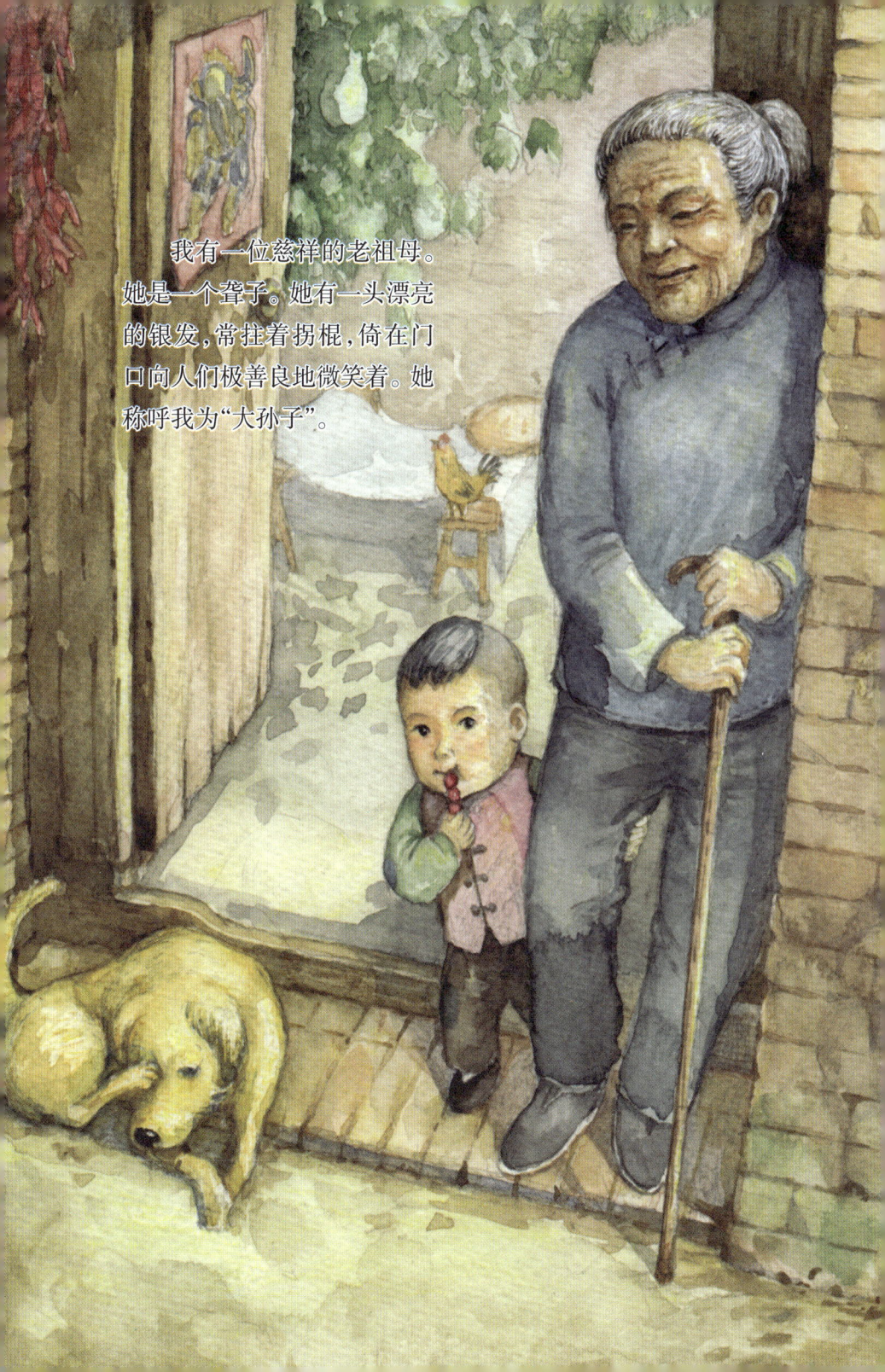

我有一位慈祥的老祖母。她是一个聋子。她有一头漂亮的银发,常拄着拐棍,倚在门口向人们极善良地微笑着。她称呼我为"大孙子"。

我从东大讲课回来,正走在路上,偶然抬头一看,只见一只绝黑的乌鸦叼了一颗鲜亮如红宝石一般的西红柿在蓝天下飞着。这回,这只乌鸦倒有点表演的心思,在天上长久地飞,竟一时不肯落下。那真是一幅颜色搭配得绝好的画。

目录

想象力,作文之翼 …………………………………… 1

作文术 ……………………………………………… 4

孩子,踮起脚尖够一够 …………………………… 7

个性化的阅读 ……………………………………… 10

知无涯,书为马 …………………………………… 15

一种清洁的选择 …………………………………… 20

写作的意义 ………………………………………… 27

朗读的意义 ………………………………………… 33

人间的延伸 ………………………………………… 39

高贵的格调 ………………………………………… 42

追随永恒 …………………………………………… 47

《草房子》写作札记 ……………………………… 51

谈谈《根鸟》 ……………………………………… 66

在常新港新书研讨会上的发言 …………………… 69

对《窗边的小豆豆》的另一种读法 …………… 73

关于名字的随想 …………………………………… 80

李有干先生 ………………………………………… 89

神秘的成长 ………………………………………… 96

圣坛 ………………………………………………… 100

柿子树 ……………………………………………… 107

书香人家 …………………………………………… 117

童年 ………………………………………………… 122

永远的音乐 ………………………………………… 128

游说 ………………………………………………… 131

有个女孩叫米子学 ………………………………… 140

"超女快男"代替不了人文素养 …………………… 146

关于肥肉的历史记忆 ……………………………… 149

天堂之门 …………………………………………… 163

乌鸦 ………………………………………………… 171

西门小哥 …………………………………………… 181

想象力,作文之翼

人的想象力与一个人的生命力、理想、生活的渴求有关。也可以换一种表述,是与一个人的危机感、强烈欲望有关。一个没有危机感的人,一个欲望稀淡或衰退的人,是不会有什么想象力的。当一个人被挤压到窘境、绝境的时候,他的想象力会变得出奇地强健。我自己的体会是,每当我处于非常糟糕的时刻,我的想象力就会从心底里如同潮水般漫上来。想象是因为你感觉到了缺憾——巨大的缺憾;缺憾越大,想象力也就越大。

我的童年是在贫穷中度过的,是幻想帮我度过了童年的危机。没有铅笔,没有书包,我就会幻想我有铅笔和书包——无数的铅笔和书包。我以想象来弥补我的一无所有,弥补我的贫穷。当什么都有时,你会失去无穷无尽的欲望,你的想象力就会停止。因此,我要感谢贫穷。福克纳说他最大的财富就在于他有一个苦难的童年,我认为这个童年所给予他的财富不是别的,而是想象力。

那么,我们要问:现在同学们都生活得很舒服,除了高考之外,我们无忧无虑,也没有什么强烈的渴求,想象力是否就比较贫乏?

我要说的是:我们没办法主动陷入困境——不能为了想象就陷入困境。想象力是造物主的馈赠,想象是人的天性,想象力也是可以培养的。知识可以武装想象力、发动想象力。长期以来,我们的教育是忽视对孩子想象力的保护与培养的——这从以往的语文教育中可以看出来。

艺术是升空,想象是火箭,知识是动力。我很喜欢这个比方。当你终于发现了自己的生活而手之舞之、足之蹈之的时候,且慢,你应该明白:超越熟人熟事,对生活进行再创造。有了丰富的生活,再加上大胆的想象,你才能写出更好的东西。

首先,你要给原始材料找魂儿。生活都是有意义的。在这里,我补充一点,事情是有意义,但有些事情意义不大,几乎只是材料而已。然而,你可以救活它,甚至能使它熠熠生辉。我曾经向朋友们推荐汪曾祺的一篇字数很少的短篇小说《陈小手》。那里面写了一个男性接生医生,此人手长得很小,但接生的本领极高(也许就因为长有这双小手),方圆十几里地的女人一旦难产,躺在床上声嘶力竭的时候,一听说陈小手到了,顿时就会安静下来。因为他的到来意味着母子平安。这个故事，我小时候就听大人讲过（汪曾祺的老家与我的老家同属苏北里下河地区），但就是没有想起来要把它写成小说。如果把这样一个材料不怎么加工地写出来，可能也没有太大的意义，充其量只是一篇有乡情意味的东西。汪曾祺很高明，他给这个材料找到了魂儿。只见他笔锋一转，写道：现在有一个国民党团长的太太难产，躺在榻上如猪一样号叫。团长差人请来陈小手。自然，难产经陈小手的点拨变成了顺产。团长给陈小手几十块大洋作为报酬，并拱手作揖。陈小手骑马而去。当马走出几十米远时，这团长突然拔出手枪，心想：我是一个团长，你的手怎么可以在我女人身上摸来摸去呢！枪口瞄准了陈小手，一枪将陈小手从马上打落下来……

生活中还有许多事情比较零碎或杂乱，这就需要剪裁；还有很多事情不够艺术味儿，需要我们补充和想象，通过补充和想象让它们有艺术味儿。

最后，我想告诉同学们，人来到世界上，得有两个最起码的本领：一是会把事情说清楚，二是会把理讲清楚。而这一切都是有一定章法的。学文的，要写好作文，这自然不必说；学理工的，也得写好作文。西方许多自然科学家都能写一手好文章，许多政治家也是文学家。英国首相丘吉尔对德宣战的报告，就写得非常精彩。因为这篇演说，他还获得了诺贝尔文学奖。

作　文　术

◆你要警觉，要保存住自己高贵的天性、新鲜的感觉、潇洒活泼的思想。

◆财富不在远方，财富就在我们脚下。所以，你要坚持用你的眼睛观察你的生活，用你的感觉体验你的生活，用你的思想审视你的生活，这些就是你现在写作文、以后当作家最宝贵的财富。

◆写东西不一定非要瞄着"有意义"，也可瞄着"有意思"。一个人的少年时代，本来就是一个"有意思"的时代。随着年龄的增长，"有意义"的事情才可能渐渐多起来。"多"也不能"多"到把"有意思"的事完全排斥掉。如果一个人真的把"有意思"的事完全排斥掉了，那这个人的一生就惨了。他活得太严肃，太死板，太缺乏活气，太没有色彩，也就太累，人生的质量也就不高。人要保持住一些童真，要不时地做一些"有意思"的事，不断发现"有意思"的事，不能轻看那些"有意思"的事。依我之见,青少年写作文,就应该多写"有意思"的事。何必那么深刻?何必那么深沉?故作高深,一本正经,老气横秋,少了童年的童趣和稚气,倒没有什么可爱之处。

◆写文章关键是积累素材,而积累素材的途径有很多,最主要的就是观察,用你的眼睛去看。用眼睛看什么呢?看生活的美,再把这些美描摹下来,这样你的作文、你的文章就写活了。

◆对没有因知识而获得接受能力的人来说,生活是不存在的。

◆你要刻苦地阅读书籍,从中获得知识。不光要阅读文学类的书籍,还要阅读历史、哲学之类的书籍。书籍是著书人的人生经验和他的生活感悟的总结。你将会发现,书籍是人的智慧,阅读是一件幸福而愉快的事情。当然,你阅读的书籍要确保是好书籍。世界上有许多书籍是没有太大意思的,甚至是有害的(坏知识)。你最好请一位水平高一些的人,帮你开列一个阅读书籍的目录。不要随便抓起一本来就看。如果你找不到这样一个高水平的人,你就先用一个死办法:读名著。所谓名著,就是大多数人公认为好、经过长时间考验并证明了仍富有生命力的那些著作。

◆一个孩子的作文水平与他的知识水平绝对是一个成正比的关系。

◆你要尽量使自己的眼睛清明,保持天生的水平线的亮光,把你的生活看成它本来的样子,看出它本来的意义,绝不要让坏知识占据你的心灵,绝不要让坏知识强行植入你的生活,变成你那些所谓的生活的意义。

◆当一个孩子终于发现了自己的生活而手之舞之、足之蹈之的时候,且慢,你要对他说明一层道理:超越熟人熟事,对生活进行再创造。有了丰富的生活要加上大胆的想象,才能写出更好的东西。

孩子，踮起脚尖够一够

从读书中获得愉悦，甚至以读书来消遣，这在一个风行享乐的时代是合理的。对于一般阅读大众而言，我们大概没有必要要求他们放下浅显的书，去亲近那些深奥的、费脑筋的书，因为世界并不需要有太多深刻的人。对于一般人而言，不读坏书足矣。

但一个具有深度的社会、国家、民族总得有一些人丢下这一层次上的书，去阅读较为深奥的书。而对于专业人士而言，他们还要去读一些深奥到晦涩的书。正是因为有这样一个阅读阶层的存在，才使得一个国家、一个民族、一个社会的阅读保持在较高的水准上。

现在我们来说孩子的阅读。因为孩子正处于培养阅读趣味的时期，所以，在保证他们能够从阅读中获得最基本的快乐的前提下，存在着一个培养他们的高雅阅读趣味——深阅读兴趣的问题。道理非常简单：他们是一个国家、一个民族、一个社会未来的阅读水准。未来的专业人才也就出于其中。如果我们不在他们当中进行阅读的引导而只是顺其本性，我们就不能指望有什么高质量的阅读未来。

而当下中国孩子们的阅读，差不多都是没有引导的自在阅读。他们阅读着，但只是一种浅阅读。无数的出版社争相向他们提供着文本，有充足的浅文本供他们进行初级的享受。这些书也许是无害的，但却不能提升他们的精神和灵魂。简单而轻松的快乐取代了一切具有深度的感受和思考。这种阅读的过程是尖刻的、现时的，没有阅读的延伸与扩大。这些书给予的，会在那个阅读者正在阅读的那段时间里全部结束，书合上之后，就像火熄灭掉一般，什么也没有了。

阅读行为，特别是孩子的阅读行为，是不能放任自流的。我们应当有所安排、有所倡导、有所规约，甚至有所裁定：一些书值得去读，而一些书可以少读。孩子的阅读与成人的阅读不一样，它应是有专家、校方和家长介入的。介入的目的是为了让孩子的阅读从自在状态抵达自为状态。

这种具有深度的阅读依然是愉悦的。不同的是，浅阅读的愉悦来自阅读的同时，深阅读的愉悦来自思索、品味与琢磨之后的刹那辉煌。阅读者的乐趣不仅仅在文本所给予的那些东西上，还在探究过程中。浅阅读只给他们带来一种愉悦,而深阅读给他们的是两种愉悦,而这两种愉悦中的无论哪一种,都一定在质量上超越了浅阅读所给予的那一种愉悦。

轻而易举地获得,是一种愉悦;艰难追问与挖掘之后忽有所悟,是一种愉悦。前一种愉悦不需要付出,后一种愉悦则需要付出。我们究竟应当更喜欢哪一种愉悦呢?难道我们不需要思考吗?不需要对孩子们去说吗?

"轻而易举地获得"这一说法其实未必准确。轻而易举倒是真的,但未必可以获得——轻而易举常常是不能有所收获的。唾手可得的露天矿藏是有的,但通常情况下,矿藏都在地表之下,甚至是被深深覆盖的,是需要我们花力气开掘的。

应当告诉孩子们:有效的、高质量的阅读是需要一定气力的。他们所选择的作品应当具有一定的高度——当然这一高度不要达到令他们厌烦、失去耐心的程度。它们略高于孩子们,需要踮起脚尖够一够——踮起脚尖够一够,这样摘取的果实也许更加甜美一些,会给他们带来更大的愉悦。

个性化的阅读

世间有许多读书种子,但他们的读书似乎于他们的精神无补,反而读成呆子,读成迂腐可笑之人。曹聚仁先生说他曾听说过浙江金华有个姓郭的人,书读到能将《资治通鉴》背诵一番的程度,但写一个借伞的便条,却写得让人不堪卒读(那便条写了五千余字)。读书多,莫过于清朝的朴学家。然而,像章太炎那样令人钦佩的朴学大师又有几个?我认得一位教授先生,只要提起他来,人们第一句话便是:此人读书很多。然而,他的文章我才不要看。那文章只是别人言论的连缀与拼接,读起来实在没有意思。读书不是装书。读书用脑子,装书用箱子。脑子给了读书人,是让读书人读书时能举一反三,能很强健地去扩大知识的。箱子便只能如数装书。有些人读一辈子书,读到终了,不过是只书箱子而已。

从前有不少人琢磨过如何读书。阮葵生在《茶余客话》

中有段文字:"袁文清公桷,为湘江世族,受业王深甯之门,尝云:'予少年时读书有五失:泛观而无所择,其失博而寡要;好古人言行,意常退缩不敢望,其失儒而无立;纂录故实,一未终而屡更端,其失劳而无功;闻人之长,将疾趋而从之,辄出其后,其失欲速而好高;喜学为文,未能蓄其本,其失又甚焉者也。'"袁氏之言,我虽不敢全部苟同,但大都说在了读书失当的要害之处。而其中"好古人言行,意常退缩不敢望",我以为是读书的大忌。

更有甚者,还有读书把人读糟了读坏了的。周作人当年讲:"中国的事情有许多却就坏在这班读书人手里。"抽去这句话当时的具体所指,抽象一点说,这句话倒也说得通:中国的事坏在一些读书人手里的还少吗?

我是一个经常编书的人,是一个要经常向别人开写书单,也要经常向别人索取书单的人。读了几十年的书,做了几十年的书的筛选,我对我阅读视野之开阔,对书之好赖的判断、选择,都已经比较自信。有一年,我给一家出版社编一套北大、清华的"状元"丛书,看了那些状元的一份份阅读书目之后,我就更看清了读书与个性之间的关系。我不得不佩服他们在这个年纪上就能开出这样的书单。这是一份份高质量的、富有见地的书单。能开出这样的书单,绝非易事。不将书读到一定的分上,没有一定的鉴赏力,是断然开不出这样的书单来的。一个好的中医,其水平的高低,最后就全显示在他所开的一纸药方上。一些知名的药方会令业内行家惊诧,但它的绝妙随即就会使人叹为观止。而一个好的读书人,其水平最终是显示在他的一纸书单上的。他们在这样一个年纪上就能淘出这样的书来,真是很不简单。这来自于他们阅读范围的广大和阅读的细心与深入,也来自于他们对书的一种体悟能力、直觉能力和对书的一份不可言说的默契。

书海无涯,他们是淘书人。而在淘书过程中,他们显示出了十足的个性,或者说,他们在阅读方面一直在顽强地表现自己的个性。我发现了一个十分重要的话题:个性在阅读中的意义。

个性是阅读的关键,是阅读能否获得最大利益的根本。以前,我们只谈阅读,不谈如何阅读——即使谈如何阅读,也很少有人会注意到个性在阅读过程中的那份举足轻重的意义。

很多人都在读书,但未必谁都能将书读好。书读不好的原因之一是这个人的书读得全然没有个性。许多年前,我曾在北大的课堂上说,读书也有一个拒绝媚俗的问题。除了一些大家都应该读的基本书目之外,一个人读书应有自己的选择。做人忌讳雷同——一个人若无个性,一定是一个索然无味的家伙;作文忌讳雷同——文章写得似曾相识,这篇文章也就失去了它存在的意义;读书也忌讳雷同——读书一雷同,也就什么都雷同了。因此,聪明人读书,会独辟蹊径,另谋生路。一个人说:我不读别人读的书,只读别人不读的书。此说也许是狂言,也许是极端,但这份决断也有可取之处,这就是那一份在读书方面顽强地展示个性的意识。到别人不常进入的领域去淘别人不淘的书,就会得到别人得不到的知识,就会发出别样的声音。这个道理简单得如同走别人不曾走的路,就会发现别人发现不了的风景一般。

选书选得很有个性,而读法与理解也极有个性。同样的一篇文章,在他们眼里,却有另一番天地,另一番气象,另一番精神。不在乎别人对那篇文章的唠叨,甚至不在乎专家、权威对那篇文章的评断,而是按自己的心思去读,按自己的直觉去读,甚至按自己的奇思怪想去读,读得津津有味,读得出神入化。

书海浩渺,水能载舟亦能覆舟。一个人面对那么多的书,他要有充分的自主意识、驾驭意识。知识欺人,比世上任何恶人欺人还甚。一个没有自主意识的人,知识早晚会使他沦为它的奴隶。而无驾驭意识,知识只是一堆一无用处的石头,它既不能助你前进,也不能使你增加财富。知识只有在那些有自主意识、驾驭意识的读书人那里才可亲可爱,才具有美感,才具有使人升华的力量。只有那样的读书人才会有畅游知识海洋的莫大快感。

我在想,一个好的读书人,读到最后会有这样一个境界:知识犹如漫山遍野的石头,他来了,只轻轻一挥鞭子,那些石头便随即受到点化,变成了充满活力的雪白的羊群,在天空下欢快地奔腾起来。

知无涯，书为马

人们已经越来越习惯于电视、图片、卡通。报纸整整一个版面，几乎桌面大小，可能就是涂抹几朵云彩或是几朵浪花。那些纸质的高级图画书，呱呱响，白花花的一片，可能只有几点雨滴或是一两片落叶。一个豪华的图画世界正在向我们步步逼近——它使已经习惯了读文字、读将铅字尽可能占满纸张空间的一代人时常觉得今日太奢侈，太铺张无度。然而，越来越多的人还是爱上了这个到处飘满了图画的世界。他们觉得一目了然的画面实在令人愉悦：信息直接传达，用不着人再去动什么脑筋，真是轻松。

人们与文字在日甚一日地疏离。而在这滚滚的人流之中，孩子与文字的疏离更是日甚一日。

这个潮流是无法阻挡的。

但，我要说：别一味沉湎于图画世界，文字世界也自有它的妙处；文字世界曾经给予人类种种好处，它的特定功能是图画世界绝对无法取代的;如果有朝一日我们真的脱离了文字世界,我们就将会进入一种十分糟糕的状态;文字曾经帮助人类进行深刻的思索,从而生发了无数伟大的思想;文字曾经创造了文学的殿堂——在这个殿堂之中,我们接受了无穷的美学财富;文字本身就是我们观察与说明这个世界的一种特别的方式——这种方式使我们十分有效地接近了这个世界。面对文字时,它还除去了我们的浮气,培养了我们一种宁静、高雅的气质……

我们没有理由不亲近文字,没有理由不提醒世人:与文字的疏离,绝非幸事。

现在,呈现在你面前的这些文字,是一个喜欢文字的人,在多年的阅读过程中受其惠泽并深深留存于记忆中的一些文字。

并非所有的文字都是值得留恋的。一个读书的人,当他活到四十多岁时,他已经读过很多书了。然而,在这些很多的书里边,使他喜欢不已、从中获益匪浅、难以忘却的书其实并不多。大多数文字只不过是过眼烟云而已。

为了使阅读成为高质量的阅读,人们就互相打听:你最近读到了一些什么好书,请推荐推荐。人们就互相请求:给我开个书单吧。人们希望不要将时间与生命浪费在那些不值得一读的书上,希望在有限的阅读中尽可能多地获取。

此时,阅读经验就成了一笔财富。

我不敢说我有多么丰富的阅读经验,但毕竟有了几十年的阅读经历。就整体而言,我的阅读是不幸的。因为,在相当长的一段时间内,由于国家局势的动荡,我们不能够自由地去选择书籍,我们只能在一个单一的系统中去阅读思想、思路乃至文风清一色的书籍。那时的图书馆,其中的藏书十有八九是禁书,它们沉睡数年,是不能够被我们惊动的,而那时的出版是被高度管制的,它们只能出大同小异的书籍,而那些书的内容是极端的、偏颇的、狭隘的、僵直的,形式是单调的、无趣的、没什么变化的。我进入一个相对理想的阅读阶段已是二十世纪七十年代末了。我突然发现,天下原来有这么多的又这么不同的书。我有一种眼花缭乱的感觉,有一种不胜负荷的压力——书实在太多了,而越是读下去就越觉得自己读得太少了,既有阅读的惊喜,也有阅读的苦闷与压抑。

就这样,我从二十世纪七十年代末一路读下来——我是个喜爱读书的人,这一点没有疑问。

二十多年的时间里,我究竟读过多少书,已记不清了,只觉得自己是在书山里兴奋而又绝望着,并伴随着狂喜地挣扎着。

很可惜,在这二十多年的时间里,我的阅读很少能得到高人的指点,我也很少能见到一份像样的书单。我只能独自在阅读的苦旅中摸索、寻觅。我渐渐喜欢上一个字眼:淘书。并且,我越来越深切地体会到了淘书的艰辛与乐趣。当终于"淘"到一篇好看的文章、一部好看的书时,我常常会手之舞之、足之蹈之,请人吃饭的心思都有。

时间一长,自己多少培养出了一些感应好书好文字的能力来。这就像一个长年累月在荒野上探矿的人,风吹日晒,踏破铁鞋,竟也有了一种对矿脉的直觉:无理由地就觉得哪儿有矿、有什么质量的矿。全凭感觉。比起从前来,现在我已知道往哪个方向去淘书——哪个方向可能隐藏着好书。走到书店里,一见满坑满谷的书,我不再有择书的迷茫。每每抱回一堆来,虽然其中偶有糟货,但比起从前来,显然有眼力多了。

读书若一点不带功利之心,这不可能,也无必要。读书——尤其是初时的读书,往往都有一些实际的目的:为了写好作文,为了显示自己的教养,为了出类拔萃,甚至是为了写好一封动人的情书。

但功利之心不可太深、太切。越是往后,就越应淡化功利之心,莫让它一路纠缠着你的阅读,甚至要靠它来鞭策你的阅读,让它成为你阅读的动力。

不要将阅读简单定义为一个求知的过程——阅读与

好学无关。

　　阅读是一种爱好,是一种发自内心的兴趣。一日不见文字,就茶饭不思、坐卧不安——到了这种境界,书才能读好,也才能体会到阅读之美,阅读之幸福。

　　功利目的太明确,读起书来就紧张,并会走到一条狭窄的直线上,目力所及,只有那与功利目的相关的东西显示于视野,而其余则隐遁在茫茫的文字背后,永远不能入你眼帘。一篇好文字,其用意必然是丰富的。若你先确定下一个题目来,就只能在广阔的田野上收获细长的一垄,这实在可惜。越是面对好的文字,就越要收住你的功利之心。

　　放松下来,书山自然开道,你一路风光下去,前景美不胜收。

　　你读下去,没完没了地读下去,读的又大多是一些好文字,你没法不强大,没法不进入佳境。

　　读就是一切。"读"这行为本身——不说读的内容,就能使你得到品格上的、气质上的修炼。天下最美的气质,莫过于书卷气。

一种清洁的选择

在我的精神世界里,儿童文学的写作,永远是一份需要。

我为什么写了那么多儿童文学作品?别人觉得奇怪,有时连我自己也感觉奇怪。

其实,任何事情的发生都是有原因的。

我的父亲是一所小学的校长。在这所小学里,我除了像其他孩子一样上学外,还有一个比他们更便利的条件,或者说我有了一种他们所没有的特权,那就是:我可以随时从父亲那儿要下拴在他腰带上的钥匙,然后打开他办公室的门,钻进那间十多平方米的房间里去看书——这所小学校的所有图书都锁在父亲办公室的那个玻璃柜里。

这些图书一律是当时的儿童读物,差不多有满满一书柜。它们有的是学校花钱从县城书店买回来的,而大部分则是由上面发下来的,目的是帮助基层小学建立图书室,有《雪花飘飘》《小矿工》《五彩路》《西流水的孩子们》《鸡毛信》《微山湖上》等。

因为我能随时享用这一书柜书,我在其他孩子面前便有了一种"高人一等"的感觉。我还记得,在那些图书尚未编号、一时还不能出借之前,我偶尔从那柜子里先偷出一两本来,暗地里传给其他在我看来是铁杆儿朋友的同学看。他们因我才享受了阅读的快乐,而变得更加铁杆儿,对我甚至到了唯命是从的地步。我心中暗暗喜欢他们对我的巴结。若有谁让我不高兴了,我就不再偷偷地借给他书看了,甚至将他手头上正在看的书毫不客气地要回来。

那些书在很长一段时间内基本上是由我独自一人享用的。我一向是个好动的孩子,血液里尽是不安宁的成分,但那些书却使我变得乖巧与安静起来。当其他同龄的孩子在野外做毫无意义的玩耍并到处闯祸时,我却一人躲在父亲的办公室里津津有味地看着那些书。这样,我自然比其他孩子多知道了许多东西。我能够在草垛底下、在水渠边、在河中的小船里给他们讲故事了。这些故事都来自书中。每当我看到他们痴痴迷迷甚至是崇拜我的样子时,便非常得意,讲得越发地神采飞扬。

那些书给了少年时代的我许多风采。

就我以后的创作而言,那些书在那时已在暗中培养着我构思故事的能力。我的小说被许多人看成是优美的,但很少有人看出它们都是很有故事性的东西。它们让人读得下去,让人觉得好看,除了那些情调之外,就是因为它们都有一些很讲究的故事。我喜爱故事,喜爱在编织故事时所产生的快意。这一切,都是在那个时代由父亲办公室中的那一柜子儿童读物所培养起来的。

因为看了那些书,在潜移默化之中,我的作文越写越好了。我的作文在那所小学校是有名的。我读小学时,就从未觉得写作文是件痛苦的事。我觉得面对作文本实在让人感到快乐,那快乐的程度不亚于一个酒鬼看到一瓶酒。直到高中,写作文一直是我乐意为之的事。我一般不打草稿,直接在作文本上写。那些文字虽然十分稚拙,但总能滔滔不绝地涌到笔下。一些被老师圈点的句子,一些小小的风景片段,有一些是因为在被那些书培养出一种情调之后由我的内心生发出来的,有一些是从书里进化过来的,还有一些就是从那些书里直接抄过来的。我写作文,很少有捉襟见肘的窘迫,总是一派富有的样子,常常将作文写得超出老师所规定的字数。我的作文经常被老师写上"传阅"两个字。这种情况,从小学到高中,一直如此。

由于读多了儿童读物,我也就沾染了儿童读物这样一种文本的独有的风采——它的语言格调,它的叙述腔调。如果当时的那些作文还能保存到今天的话,我想,它们已经是儿童文学作品了,我是可以让它们在今天的儿童文学刊物上发表出来的。

我的儿童读物读得太多了。

我一出手的文字,就是所谓的儿童文学的文字。这样一种文字是特殊的,并不是一般人能写得出来的。有些人企图去写,不过也就是用小儿腔装饰,企图扮演儿童文学作家这一角色罢了。而我从很早起,就有儿童文学的情愫,它就是由那一柜子儿童读物所培养出来的。

高中毕业后,我无书可读,便回到家中,不久就下地,与生产队的社员们一起劳动。

那种劳动是我今天不敢回想的,单调无味,沉重难当。十七岁时我就插秧割稻,就挑粪送肥,就去挖大河。大忙时,一天只有四五个小时的休息。我亲眼目睹过一个二十多岁的人因为过度疲倦,在脱粒时,一阵迷糊,身体向前一倾,双肩伸进正在滚动的脱粒机中,将手指打烂了,鲜血染红了一堆麦子。

打那时起,我只要看到谁用优美的文字赞美劳动,就会不由自主地在心中排斥他。

我盼望着能从劳动造成的几乎无法忍受的煎熬与痛苦中获得解脱。

这一天终于来到了。那天,我正在地里干活,有人通知我说:"你不用再干活了,让你去参加业余创作组。"那时,讲究"工农兵文艺",到处成立业余创作组。大家都知道我作文写得好,就让我做了业余创作员。我和其他的几个人(有从无锡城里来的知青,有父亲学校的老师)便都暂时放弃了原先的工作,而被安排在大队部空出来的一间房子里,开始所谓的文学创作。因为劳动的阴影笼罩在我心头,我对这一机会非常珍惜——想想,别人正在烈日下割草,你却在凉快的室内写字,那是一件多么舒适的事!

第一篇小说终于写出来了。

公社文化站站长带着县文化馆辅导业余创作员的老师来看我们所写的作品。老师看了我写的作品,说:"这是儿童文学。"

老师姓"李",名"有干",至今他还在写儿童文学作品,并且依然写得不错。在他的辅导下,我很快就在当时的报刊上发表了好几篇标有"儿童文学"字样的作品。也就是从那时起,我正式开始了儿童文学作品的写作。

天长日久,我也在心中渐渐喜欢上了这种文学样式。我发现,我是一个童心不可泯灭的人。在我的骨子里,那种天真,那种淘气,那种顽皮,似乎不肯轻易退去。我永远也不能成熟。那天,遇到一个多年未见的朋友,他想恭维我,让我高兴,说:"你怎么总也不老?是不是写儿童文学写的?童心未泯,大概就不会老了?"我笑笑,心想:假如真的还年轻,大概真是因为写儿童文学的缘故。但我分不清楚——是儿童文学的写作使我保持了童心呢,还是不去的童心使我喜欢上了儿童文学创作呢?抑或是两者互动,互相影响?

我喜欢儿童文学写作的另一个原因大概是更主要的,这就是：这样一种文学样式使我获得了一种心灵上的清洁。一操持这种文字,你的眼前就不能不出现一双双纯洁如山泉的眼睛,就不能不出现一个几近圣洁的境界。此时,你就不能将污秽附着在你的语言上——你必须用最干净的语言来叙述。你就不能有片刻的闪失而掉入邪恶——若是那样,就是对这种文本的亵渎。在当下操持儿童文学,将使你觉得你从事的文字工作是优雅的。我许多次说过：当下大量的成人文学,太脏!而儿童文学却使你无法不干净。在今天,掌握一份单纯而向上的情趣自然是幸福的。

在我所写的作品中,儿童文学只是一部分。实际上,我并不是一个纯粹的儿童文学作者,以后可能更不是。我不可能永远将自己固定在这里。因为,人生里头有许多东西要写,而有些东西,儿童文学是无法表达的,或者说,儿童文学是不适宜表达的。随着我阅历的变化以及文学趣味的拓展,我必定要去写一些成人文学,甚至可能会在今后把大部分精力用在成人文学的写作上——在那里,我的一些念头、一些情感才能充分得以体现。但这并不是说儿童文学有什么缺陷,也不是说它力量虚弱,而只是说它所承担的任务以及它的功能与成人文学不太一样。

不管到哪一天,我也不会背离儿童文学的。因为在我的精神世界里,儿童文学的写作永远是一份需要。我绝对不可能放弃这一选择。我所能做的,只是在写好成人文学的同时,将它写得更好、更地道。

我忠于我的选择。

写作的意义

"作家谈作文"是一次别开生面的策划。一位作家,一位中学特级教师,一群学生,再由一位节目主持人来组织与串联,形成了一个课堂,一个论坛,一个沙龙样的言论场所。所言,都是关于写作的问题。这是对话,而不是独语。大家济济一堂,形成一个场的效应,说者、听者皆不由自主地卷入那些随时而来的话题漩流。到了后来,分不清谁是说者谁是听者。流动,有时是一泻千里,有时则迂回曲折,因有巨石突然崛起,激起浪花无数,流动从此朝着另一个方向,于是又见另一番风景。这种对话,加大了话题的密度,并生动活泼。听者见其人,听其声,感受至深。说者更是兴奋不已,因为对话机制的形成,使他不时面临新的他不曾考虑的问题,而这些问题使他犹如羔羊看到了新的草地。说者的收获绝不亚于听者,因为听者给了他许多新的话题、新的思考角度和新的思考方向。对话的意义之一就在于新话题的产生,从而激活了思维,拓宽了精神的疆域。苏格拉底与孔子为什么那么喜欢与他们的门徒对话,大概就在于对话使他们有了不断发现新天地的巨大喜悦。作为说者之一,那晚,我在那片明亮的人造光下获得了我独伏案头写作和独据讲台授课时所没有的快乐。

还有那个现场感也是让人迷恋的,有点儿现场办公的意思。当场指导,当场询问,当场讨论,当场解答,很实际,没有云里雾里、空中楼阁、白浪浮萍的虚飘和无根的惶惑。这里有一种气氛、一种氛围、一种味道———种混杂着灯光的燃烧与汗水蒸发的味道。偶然一瞥,你看到了一张张生动的面孔,这一切使你感到实在,感到你所思所言的意义,这些意义可以触摸到,可以看到它们生根开花、累累果实缀满枝头。一个人的幸福莫过于看到他的思想已被一个具体的人所接受或反对。默许的眼光与首肯都为他亲眼所见,于是他知道了思考问题的价值。也许,说者、听者就此别过,永不能重逢,但那个现场却是永恒的。若是多年后能够相遇于天涯,一定会深情地说起那个现场的。

都是一些经验之谈。

谢冕先生讲的是文章之道。他的形象一般被人定位在举旗在先,率领潮流,其实不尽然。事实上,他常常闪在一旁,看车辚辚马萧萧绝尘而去的滚滚洪流,尔后回望被丢弃的昔日河山,为那里的大好山脉与河流竟无人问津而扼腕叹息。当众口一词都说全球化,沉浸于天下大同时,他却回味地域特色在写作中的存在理由与必要性,让他的家乡人别忘了福州的地瓜风味。当文学的主流滔滔不绝却竟不肯在地面流淌而企图汇入子虚乌有的天河以求永恒时,他发问:"如此永恒能够实现吗?""你没有表现出当代精神,你的永恒是架空的。"

孙绍振先生所言凝聚着他数年来对写作的揣摩与思考。作为这场惊天动地的语文革命的核心人物,对中国的语文教育与作文教育,他的深思熟虑是常人所难以达到的。他既有宏观性的把握,又有微观性的探究。他发表的关于写作的言论一般都在道与术之间。他对中国语文教育与作文教育的弊端有着很确切的诊断,对其背后的原因也有很确切的揭示。不仅如此,他还有许多良方与行之有效的具体对策,有一套治疗写作痼疾和重新回到健康写作的路线与章法。那些不免有点操作主义的写作途径,也许最容易形成新的写作实践。他让孩子们回到一个具体的材料上来,然后启发他们来理解这个材料的含义和掌握处理这个材料的方式。他试着给孩子们演绎,于无声处告诉了孩子一个道理:这个世界是有无限解释的可能性的。

高洪波先生历来与孩子的写作打交道,谈起写作来条条行话,有大道理,也有小道理,天上地下,有面子有里子。他告诉孩子,文章有精神也有形式,言语背后衬着一个底子："道"为"文"先，"文""道"相长。巢宗祺先生对孩子的写作是从人、人类、国家与民族的大业来理解的。他对中国孩子写作的过去与现状的了解也许最为深切，而对新的写作思想的推行过程中的苦衷更是一般人所无法体会的。他要在如此语境中找到一条可行之路，甚是煞费苦心。叶永烈先生提供的观察细节的方法，梁小斌先生通过对一首诗的解读而对诗里诗外状况的显示，江浩先生的"对社会对自然都要有自己的思索与表达"的理念，张晓风先生的"用古典里的营养去壮大自己"的思想和北村先生的"写作能力其实就是一种思维能力"的观念，都丰富和发展了当下关于写作的思考。

所有这些作家学者的言谈都涉及了一个共同的命题：诚实。这个看似平凡的命题在他们的心目中却是一个显赫的问题。这既是写作的起点，也是写作的终点。没有这样一个基本品质，写作就会发霉变质，就会穷途末日，或是走向歪门邪道。只有诚实、诚恳、诚心诚意、清纯率真，才有可能看出世界的极大丰富，才能走向存在的腹地。而文章的感人之处也就正在于字里行间那番诚实——诚实的思想、诚实的感情以及用以叙事与论述的诚实的文字。有诚实在，天下才能有好文章。诸位所言，各有各的角度，然而说观察也好，说责任、审美、技巧也罢，其后面都有"诚实"二字顶着。不然，这一切都无从谈起。

修辞立其诚。

别以为写作是一些人所专门从事的职业。作为一个健全的人,其实都应该学会舞文弄墨。文字活动是一个人的正常行为。一个人无论日后从文、从理、从工、从商还是走仕途,都应将写作看成自己的一种基本能力。一个不能写一手好文章的政治家其实称不上一个政治家,充其量只是一个政客而已。那些划时代的政治家有谁不是文章家?他们著作等身不说,而且还有经久不衰的传世之作。那些搞自然科学的一流科学家也都在文字上显示了他们不同凡响的魅力。牛顿的书,既是科学的书,也是哲学的书,并且是精妙的哲学书。读爱因斯坦的科学著作,你可以绕开那些公式,将其作为美妙的散文来阅读。

写作是对自己的说理能力与叙事能力的训练。文章的理路、作法会在无形之中帮助你获得说理的条理性、逻辑性与力度,会使你在说一件哪怕是平凡乃至平庸的事情时也会使人觉得此事充满趣味、令人难以忘怀。写与不写,会影响到说的质量,这大概是所有人都有的体会。

在未经文字的梳理之前,人的思想往往散如乱麻,并且残缺不堪。文字的运行,就是将这些思想按某种体例进行编排,使其顺理成章,成为一个攻无不克、战无不胜的严密系统。事情就是这样的奇妙,那些本来千疮百孔的思想在经过文字的调教之后,竟然填补了疮孔,变得无懈可击。

文字活动，其实是在寻找一种更加完美地看待世界、认识世界、分析世界并描述世界的方式。一个人能否使用文字直接关系到他的世界观的质量。不仅如此,文字活动还会帮助人创造新的世界。文字已是一个独立的王国,它的功能早已不限于当初的只用来描述已有的世界了。它的高度自由已经使它具有创造新世界的神奇魔力。比如说我们已经离不开的文学,其实,它十有八九是依靠文字来虚构的,而这些无法还原为事实的文字却使我们获得了巨大的精神享受。一个会写作的人,意味着他拥有了一个更加广阔也更加丰富的世界。

写作过程也是我们的精神得以升华的过程。文字组成通天台阶,我们拾级而上,精神的殿堂就在我们的上方。

写作还会帮助我们培养一种优雅的气质。我们身处一个喧哗与骚动的世界,心浮气躁,而文字会使我们获得安宁与平静。我们沉浸在这个世界中,得到了精神的洗礼,得到了情感的抚慰与审美的熏陶。我们渐渐成为一个脱离了低级趣味的人。那种优美的书卷气慢慢地浸润到我们的灵魂乃至肉体,于是我们变得高尚,变得文明,变得自身也具有了审美价值。

写作培养着我们的感受力、表达力等诸种能力,是一个发展壮大我们自己,使生命得以张扬、光辉闪闪的过程。

立言,实为立人。

朗读的意义

关于阅读的意义，我们已经有了丰富多彩的阐述：阅读是一种人生方式；阅读是对人的经验的壮大；阅读还有助于创造经验；阅读养性；阅读的力量神奇到能改变一个人的外形；在没有宗教情怀的世界里，阅读甚至可以作为一门优美而神圣的宗教……

可在今天这个有着无穷无尽的诱惑的世界里，人们对阅读却越来越疏离了，甚至连中小学生们都对阅读越来越不感兴趣了。这个情况当然是很糟糕的，甚至是很悲哀的。

无数的人问我："究竟有什么办法让孩子喜欢阅读？"

我答道："朗读。通过朗读，将他们从声音世界渡到文字世界。"

难道还有更好的方法吗？一个孩子不愿意阅读，你对他讲阅读的意义，有用吗？就怕是你说到天上去，他大概还是不肯阅读的。可是我们现在来做一个设想：一个具有出色朗读能力的语文老师或者是学校请来的一个著名演员，在他们班上声情并茂地朗读了一部小说里的片段，那是一个优美的、感人的、智慧的、扣人心弦的精彩片段，那个孩子在不知不觉之中被深深吸引住了。朗读结束之后，他就一直在惦记着那部小说，甚至急切地想看到那部小说，后来他终于看到了它，而一旦他进入了文字世界之后，就再也不想放弃了。于是，我们就可以有充足的理由对这个孩子的阅读乃至成长抱了希望。

朗读在发达国家是一种日常行为。

2006年9月，我应德国方面邀请参加了第六届柏林国际文学节。在柏林的几天时间里，我参加最多的就是各种各样的朗读会。他们将我的长篇小说《草房子》以及我的一些短篇小说翻译成德文，然后请他们国家的一流演员去学校、社区图书馆朗读，参加者有学生，也有成年人——不同阶层、不同年龄的成年人。在我的感觉里，朗读对他们而言是日常生活中一件经常的却又是非常重要的事情。四五人、五六人、十几人、上百人坐下来，然后听一个或几个人朗读一篇（部）经典的作品，或一段，或全文。

有部德国长篇小说叫《朗读者》，前几年由译林出版社出版，是我写的序。出版后，一直比较畅销。关于小说所写的非常态的爱情、人性的背叛和挣扎、战争的阴影和创伤，以及小说的精妙，这里我们不去讨论。我们现在来注意一个情节,一个贯穿小说始终的、令人无法忘怀的情节,这便是——朗读:中年女子汉娜总是让少年米夏为她朗读那些优美的篇章。在朗读中,汉娜的灵魂受到了洗礼。汉娜是一个文盲,而作为文盲在德国是一件羞耻的事情。当米夏的朗读把她带到了一个非凡世界后,她从此便再也离不开朗读了。对于汉娜让米夏朗读的原因,我们并不在意,我们在意的是朗读本身所带来的意境。这是一个充满诗情画意的行为,这个行为贯穿了整个小说,它使我们感到了高尚,并且为这种高尚而感动。当汉娜选择自杀时,我们似乎听到了那不绝于耳的声情并茂的朗读。那是世界上最美的声音,是千古绝唱。此时,究竟谁是朗读者已经无所谓了。我们在感动中得到了升华——情感的升华和精神上、人性上的升华。

通过这本书,我们还能感受到,朗读在德国这样的发达国家是一件日常的、同时也是一种非常优雅的行为。

"'语文'学科,早先叫'国文',后改为'国语',1949年后改称'语文'。从字面上看,'语'的地位似乎提高了,实际上,'重文轻语'是中国语文教学中的一大弊病。"有专家这样说。

"语文语文","文"是第一的,"语"是次要的,甚至是无足轻重。重"文"轻"语",这是中国的文化传统。中国在很多时候把"文"看得十分重要,而把"语"给忽略掉了,甚至是贬低"语"。"巧言令色""能说会道",是坏事。是君子,便应"讷于言而敏于行"。"讷"——"木讷"的"讷",便是指一个人语言迟钝,乃至沉默寡言,而这是美德,是仁者。在如此传统下,我们看到了一个事实:在中国,能言的人是当不了大官的。中国的大官,往往千人一面,千部一腔。他们的言说太败坏汉语了——汉语本来是一种极其丰富的语言,并且说起来抑扬顿挫,很有音乐感的。2008年的美国总统竞选很让我着迷,着迷的就是奥巴马的演讲。他的演讲很神气、很精彩、很迷人、很有诗意。从某种意义上讲,美国总统竞选就是比一比谁更能说——更能"语"。我听奥巴马演讲,就觉得他是在朗读优美的篇章。

"水深流去慢,贵人话语迟。"这便是中国人数百年、数千年来所欣羡的境界。当然,中国也有极端的历史时期是讲究说的。说客——说客时代,那番滔滔雄辩,口若悬河,真是让人对语言的能力感到惊讶。但日常生活中,中国人还是不喜欢能说的人的。"讷"竟然成了最高的境界,这实在让人感到可疑。

说到朗读上来,不朗读,不"语",我们对"文"也就难以有最深切的理解。

我去中小学讲座,总要事先告知学校的校长、老师,让他们通知听讲座的孩子带上本子和笔,我要送他们几句话,每送一句,我都要求他们记在本子上。接下来,就是请求他们大声朗读我送给他们的每一句话。我对他们说:"孩子们,有些话,我们是需要念出来甚至是需要喊出来的,而且要很多人在一起念出来、喊出来。这是一种仪式,这种仪式对我们的成长是有用的。"

当我们朗读时,特别是当我们许多人在一起朗读时,我们自然就有了一种仪式感。

而人类是不能没有仪式感的。

仪式感纯洁和圣化了我们的心灵,使我们在那些玩世不恭、只知游戏的轻浮与浅薄的时代有了一份严肃、一份崇高。

于是,人类社会有了质量。

这是口语化的时代,而这口语的质量又相当低下。恶俗的口语已成为时尚,这大概不是一件好事。

优质的民族语言当然包括口语。

口语的优质是与书面语的悄然进入密切相关的。而这其中,朗读是将书面语的因素转入口语从而使口语的品质得以提高的很重要的一个环节。

朗读着,朗读着,优美的书面语在不知不觉中变成了口语,从而提升了口语的质量。

朗读是体会民族语言之优美的重要途径。

汉语的音乐性、汉语的特有声调,所有这一切,都使得汉语成为一种在声音上优美绝伦的语言。朗读既可以帮助学生们加深对文本的理解,同时也可以帮助他们感受我们民族语言的声音之美,从而培养他们对母语的亲近感。

朗读还有一大好处,那就是它可以帮助我们淘汰那些损伤精神和心智的末流作品。

谁都知道,能被朗读的文本一定是美文,是抒情的或智慧的文字,不然是无法朗读的。通过朗读,我们很容易就把那些末流的作品杜绝在大门之外。

我愿意迎接一个朗读时代的到来。

人间的延伸

　　动物小说之所以能够作为小说的一种形式存在,并且越来越牢固地成为不可替代的一支,是因为这种小说能够给予我们特殊的精神价值。

　　对动物世界的描绘与揭示将会使我们看到似乎是动物世界特有的而实际上是很普泛的生命存在的形式。这一切像一面镜子,使人看到了自己的影子,看到了人类社会与动物世界在某些方面的相似,看到了整个世界的基本法则。动物世界是对人类社会的一个印证。我们之所以喜爱阅读动物小说,正是因为它给了我们种种启示。而这种种启示,因为是来自于人类社会以外,反而会格外鲜明、强烈与深刻。动物世界的强者生存的原则将会使我们领略到生存的严酷性;动物世界的原始冲动与生命的坚韧将会使因为现代文明而变得缺乏血色与激情的我们受到感染与激励;动物世界的纯真、毫无做作与虚伪的品性将会使已失去这些品性的我们在感到汗颜、无地自容的同时而重新向往这些品性；由描绘动物世界带来的对博大的自然界的描绘将会使我们重温大自然的壮烈与温情，并得到精神的洗礼与种种审美享受。

动物小说的意义远不止这些——这些甚至不是主要的意义——主要的意义可能是它使诸种人间主题处在了一种新的境况之中，从而使这些主题得到了新的拓展。

人类社会除了有种种动物世界中存有的主题之外，它确实存有它特殊的主题，而且这些主题还是大量的。我们还应特别注意这一点：动物世界的主题（如以上所说的那些主题），几乎是恒定不变的，有史以来便是如此，就永远面临。然而，人类社会却会因为它的不断运行而不断出现新的主题。

文学要表现这些主题——文学一直在不断地随着人类社会的变化表现这些主题。但文学却不断感到，将这些人间主题放在人间的境况中直接进行表现时，常有不尽如人意的地方。文学艺术中的变形处置就是因那时常产生的不尽如人意之感而导致的。虽然还是在人间，但这个人间已非本来的人间，它被改造与重组，甚至是被假定了。但变形处置并未使文学家艺术家们从此就觉得在表现一切人间主题时尽如人意了。于是，他们将种种难以表现或在表现时有诸多不便的人间主题迁移到人间以外的世界：魔幻世界、科幻世界……而动物世界是文学家艺术家普遍看好的世界。

通过实践,小说家们发现,许多人间性的主题,倘若还放在人间那种司空见惯的情景中表现时,就显得苍白无力,而一旦放到动物世界中表现时,却出人意料且又不可思议地得到了淋漓尽致、入木三分的揭示。他们还时常窃喜:一些由于种种原因而不能放在人间表现的人间主题,却借着动物世界的掩护,不留口实地得到了确切而透彻的表现,从而了却了作家的一份心愿,完成了文学应有的庄严而神圣的使命。

无疑,这个世界是被假设的。

文学之所以被人们创造出来而又被人们作为永久性的选择,正在于它满足了人们愿意沉醉于虚幻世界的欲望。客观世界本已足够丰富了。然而,人们仍然不能满足。人们在利用造物主恩赐的创造力进行着一个无边的虚无世界的创造。这个世界在当他们面对现实感到百无聊赖之时,给了他们无穷无尽的新颖景观和荡涤全身的愉悦。这个世界是他们存在于其中的世界的补充与延展。它使人们感到了真正的富有:因为它可以无限地被创造。

动物小说一直在进行着创造。

动物小说的创造必将是无休止的。

高贵的格调

今年7月,我和一些作家到了北欧,当我们在安徒生头像下照相的时候,我突然想到了在我们的网络上曾流行过的一句话:"让我们往安徒生的脸上吐唾沫。"当时,望着安徒生的铜像,我想,为什么往这个人的脸上吐唾沫?安徒生到底还能存活多久?今天我们来讨论安徒生的当代价值,其实这后面有一个潜台词,就是说,安徒生在今天还能不能存活?安徒生的作品还有没有有效性、合法性?这大概是盘绕在我们很多人心目中的一个重要问题。这个问题现在好像愈演愈烈,在很多新生的作家中,我看到他们对安徒生作品的有效性和合法性是持怀疑态度的。

上个月,我读到一本书,是由译林出版社出版的美国学者布鲁姆写的《西方正典》。让我感到震惊的是,这本书中的很多观点和我的一些观点非常相似。没想到虽然我们距离这么遥远,但对这个世界的表述竟然如此一致。比如说,其中有一点,布鲁姆在谈到现在的思潮时,提到整个现在的文学批评强调的一点是:让已死的欧洲白人男性退场。因为在很大程度上,西方的文学史是由已死的欧洲白人男性创造的,包括丹麦的安徒生。他把所有的这些学派称为"憎恨学派"。当时,我就很喜欢这个称呼。同时,想到了这几年,我有一个对中国目前文学的称呼叫"怨毒文学"。现在的文学,尤其是成人文学,常常让人感受到一种"怨毒"。这种"怨毒"弥漫在整个文学里,同时也弥漫在整个中国人的生活里,是一种非常可怕的仇恨。这种仇恨说到底是一种小人的仇恨。这就说到对安徒生的一个那样的看法——为什么那么恶狠狠地说要"往安徒生的脸上吐唾沫"?这件事情使我想到,可能我们更需要安徒生。因为安徒生正好是"怨毒"的对立面。

对于安徒生的理解,我想是这样的:记得有一年我去洛阳参观白居易的墓时,我看到一块日本人做的碑。因为白居易对日本人的影响非常大,所以碑上写了这样一句话:"白居易对我们日本人恩重如山。"那么,我想安徒生这个人是不是对我们中国也是恩重如山?在我为李红叶的著作所写的序言中,我写道:"安徒生与中国文学的关系,用一句话来表述就是'恩重如山'。中国儿童文学的浩荡大河的源头之一就是安徒生。中国儿童文学的躯体里,流淌着安徒生的血液。这鲜艳而纯净的血液在漫长的时间里一直滋润着中国的儿童文学。中国儿童文学不是纯粹的，它有异邦的血统，而其中安徒生是最强大的。中国儿童文学注重想象，而不是好看，和极其善良的丹麦人息息相关。直到今天，我们还是无法离开这个，无论是赞美还是以轻慢的口气加以拒绝，都说明了这一点，这是我们无法拒绝的。"今天，我为什么回忆这句话？因为我想，为什么现在会有人发出这样充满轻慢的、怨毒气息的一句话？要承担责任的可能不仅仅是我们儿童文学作家，而是整个中国的知识分子。中国一批在社会上很有影响力的知识分子，他们总是要把过去一些值得纪念的、值得怀念的美好的东西统统摧毁掉。我觉得现在中国整个的思想界，或者说整个中国人的生活的背后，有着一种相对主义的思维方式，是一种超级的相对主义。就是说，一切都是可以推翻的，一切都是可以怀疑的。于是，在这样一种气氛中，一些人说"安徒生我们也可以怀疑他""我们可以往他脸上吐唾沫"。

我曾经在一个场合发表过这样的看法，我认为现在青少年的写作"秋意太重"。所以在"秋意太重"的另一面，我提出了一种"阳光写作"。当时，就有一位先生用一种相对主义的方式来询问我什么叫"阳光写作"。我还没来得及回答，他马上就说："阳光也是有毒的，阳光可以导致皮肤癌。"可以看到，相对主义者使用的不是一个陈述句，他使用的是一个反问句。他在你陈述一个观点的时候反问你。

比如,当你说文学有"文学性"时,他反问你"文学有文学性吗",然后再说"文学从来是没有文学性的"。所以当时我也就非常不客气地调侃了一下,说:"中国的这种相对主义再下去的结果就是,有一天,你回到家,你的母亲为你打开了门,然后你用非常怀疑的目光看着你的母亲,问,'你是我母亲吗?''你怎么证明你是我的母亲呢?难道你站在门里边就能证明是我的母亲吗?'"这种怀疑一切、否定一切的风气反映到儿童文学中来,就是对过去的一切经典都表示怀疑,认为根本就没有什么经典。我认为这样一种情况是非常糟糕的。从我个人对安徒生的理解来讲,我认为对安徒生,我们不仅要把他看作是一个儿童文学作家,更要把他看成是一个大作家。他对于儿童和成人来说都是非常重要的。因为他为我们创造了美感,这恐怕是安徒生与其他作家有所不同的一个地方。他始终把美作为文学中一个重要的部分来营造。说到这个问题,又回到了有人对安徒生那种无礼的态度。这就是说,我们现在的整个文学,审美这个维度正遭到一种唾弃,这个维度很大程度上已经不存在了,在成人文学里可以说已经是荡然无存了,好在儿童文学这个地方还勉强保持着。这是我对安徒生格外尊重的一个重要的原因。另外,安徒生作品中的那种忧伤也是我非常喜欢的一种格调。我认为忧伤或忧郁应该是文学中一个不能丢弃的东西,因为它是一种很高贵的格调。

忧伤意味着这个人对这个世界有了一种比较深刻的认识。忧伤本身也是一种美感。这可能是安徒生的文字中最值得我们迷恋的地方。

一个希望自己变得很有质量的人，我希望他读安徒生；一个希望自己有情调的人，我希望他读安徒生。不要总去读那些热闹的东西。因为一个人如果长久地沉浸在一种热闹的东西里，只会变得轻飘和轻浮。我认为现在青少年阅读的生态非常糟糕。现在的孩子不是不阅读，而是阅读什么的问题。在他们的书包里，大部分的书是那些给他们带来快乐的书。中国现在是一个超级享乐主义的大国。在国外，尤其是欧洲的很多地方，到了夜晚，总的来说，是非常安静的。而中国，尤其在南方城市，到了晚上，可以说是灯红酒绿，弥漫着一种享乐主义的情调。那么，到了儿童文学这里，现在拼命宣扬的就是一种快乐主义——所有给儿童看的东西就是要让他快乐。这个看法有一定的合理性，但不能把它作为全部。十年前我就说过，"儿童文学不是给儿童带来快乐的文学，而是给孩子带来快感的文学"。在快感里，包括喜剧快感和悲剧快感。安徒生给我们的，我认为主要是一种悲剧快感，这些东西对于一个人的成长是非常重要的。现在有些观点我认为是非常偏激的。今天，我们聚在一起来纪念安徒生，来重谈他的当下的意义，这是非常好的。

追随永恒

"如何使今天的孩子感动？"这一命题的提出，等于先承认了一个前提：今天的孩子是一个一个的"现在"，他们不同于往日的孩子，是一个新形成的群体。在提出这一命题时，我们是带了一种历史的庄严感与沉重感的。我们在咀嚼这一短语时，就觉得我们所面对的这个群体是忽然崛起的，是陌生的，是难以解读的，从而也是难以接近的。我们甚至感到了一种无奈，一种无法适应的焦虑。

但我对这一命题却表示怀疑。

作为一般的，或者说是作为一种日常性的说法，我认为这一命题可能是成立的。因为，有目共睹，今天孩子的生存环境确实有了很大的改变，他们所面临的世界已不再是我们从前所面临的世界；今天的孩子无论是从心理上还是从生理上，与"昨日的孩子"相比，都起了明显的变化。

然而，一旦我们将它当作一个抽象性的或者说具有哲学意味的命题而提出,我就认为它是不能成立的。我的观点很明确——在许多地方,我都发表过这样的观点:今天的孩子与昨天的孩子,甚至于与明天的孩子相比,都只能是一样的,而不会有什么根本性的不同。

我对这样一个大家乐于谈论并且从不怀疑的命题耿耿于怀,并提出疑问,是因为我认为它是一个极重要的问题,它直接影响着我们的思维取向、观察生活的态度、体验生活的方式乃至我们到底如何来理解"文学"。

遗憾的是,在这短小的篇幅里我根本无法来论证我的观点。我只能简单地说出一个结论:今天的孩子,其基本欲望、基本情感和基本的行为方式,甚至是基本的生存处境,都一如从前;这些"基本"是造物主对人的最底部的结构的预设,因而是永恒的;我们所看到的一切变化,实际上,都只不过是具体情状和具体方式的改变而已。

由此推论下来,孩子——这些未长大成人的人,首先有一点依旧不变:他们是能够被感动的。其次,能感动他们的东西无非还是那些东西——生死离别、游驻聚散、悲悯情怀、厄运中的相扶、困境中的相助、孤独中的理解、冷漠中的脉脉温馨和殷殷情爱……总而言之,自有文学以来,无论是抒情的浪漫主义还是写实的现实主义,它们所用来做"感动"文章的那些东西依然有效——我们大概也很难再有新的感动招数。

那轮金色的天体从寂静无涯的东方升起之时,若非草木,人都会为之动情。而这轮金色的天体,早已存在,而且必将还会与我们人类同在。从前的孩子因它而感动过,今天的这些被我们描绘为在现代化情境中变得我们不敢相认的孩子依然会因它而感动。到明日,那些又不知在什么情境中存在的孩子,也一定会因它而感动。

"如何使今天的孩子感动?"我们一旦默读这一短句,就很容易在心理上进行一种逻辑上的连接:只有反映今日孩子的生活,才能感动今日的孩子。我赞同这样的强调,但同时我想说:这只能作为对一种生活内容书写的倾斜,而不能作为一个全称判断。感动今世,并非一定要写今世,"从前"也能感动今世。我们的早已逝去的苦难的童年一样能够感动我们的孩子,而并非一定要在写他们处在今天的孤独中,我们表示了同情时,才能感动他们。若"必须写今天的生活才能感动今天的孩子"能成为一个结论的话,那么岂不是说,从前的一切文学艺术都不再具有感动人的能力,因而也就不具有存在的价值了吗?

再说,感动今世,未必就是给予简单的同情。我们并无足够的见识去判别今日孩子处境的善恶与优劣。对那些自以为是知音、很随意地对今天的孩子的处境做是非判断、滥施同情而博一泡无谓的眼泪的做法,我一直不以为然。感动他们的,应是道义的力量、情感的力量、智慧的力量和美的力量,而这一切是永在的。我们何不这样问一问:当那个曾使现在的孩子感到痛苦的某种具体的处境明日不复存在了呢?肯定会消亡的!到那时,你的作品又将如何?还能继续感动后世吗?

就作家而言,每个人有每个人的一种独特的、决不会与他人雷同的生活。只要你曾真诚地生活过,只要你又能真诚地写出来,总会感动人的。你不必为你不熟悉今天的孩子的生活而感到不安(事实上,我们也根本不可能对今天的孩子的生活完全一无所知)。你有你的生活——你最有权利动用的生活正是与你的命运、与你的爱恨相织一体的生活,动用这样的生活是最科学的写作行为。即使你想完全熟悉今日孩子的生活(而这在实际上是不可能的),你也应该有你自己的方式——走近的方式、介入的方式、洞察和了悟的方式。我们唯一要记住的是,感动人的那些东西是千古不变的,我们只不过是想看清楚它们是在什么新的方式下进行的罢了。

追随永恒——我们应当这样提醒自己。

《草房子》写作札记

因水而生

我的空间里到处流淌着水,《草房子》以及我的其他作品皆因水而生。

"我家住在一条大河边上。"这是我最喜欢的情景,我竟然在作品中不止一次地写过这个迷人的句子。那时,我就进入了水的世界。一条大河—— 一条烟雨蒙蒙的大河,在飘动着。流水汩汩,我的笔下也在流水汩汩。

我的父亲做了几十年的小学校长,他的工作是不停地调动的,我们的家是随他而迁移的,但不管迁至何处,家永远傍水而立,因为,在那个地区,河流是无法回避的,大河小河,交叉成网,因而叫水网地区。那里的人家都是住在水边上,所有的村子也都是建在水边上,不是村前有大河,就是村后有大河,要不就是一条大河从村子中间流过,四周都是河的村子也不在少数。开门见水，满眼是水，到了雨季，常常是白水茫茫。那里的人与水朝夕相处，许多故事发生在水边、水上，那里的文化是浸泡在水中的。可惜的是，这些年河道淤塞，流水不旺，许多儿时的大河因河坡下滑无人问津而开始变得狭窄，一些过去很有味道的小河被填平成路或是成了房基或是田地，水面在极度萎缩。我很怀念河流处处、水色四季的时代。

首先，水是流动的。你看着它，会有一种生命感。那时的河流在你眼中是大地上枝枝杈杈的血脉，流水之音就是你在深夜之时所听到的脉搏之声。河流给人一种生气与神气，你会从河流这里得到启示。流动在形态上也是让人感到愉悦的。这种形态应是其他许多事物或行为的形态，比如写作——写作时我常要想到水——水流动的样子，文字是水，小说是河，文字在流动，那时的感觉是一种非常惬意的感觉。水的流动还是神秘的，因为，你不清楚它流向何方，白天黑夜，它都在流动，流动就是一切。你望着它，无法不产生遐想。水培养了我日后写作所需要的想象力。回想起来，儿时，我的一个基本姿态就是坐在河边上望着流水与天空，痴痴呆呆地遐想。其次，水是干净的。造物主造水，我想就是让它来净化这个世界的。水边人家是干净的，水边之人是干净的。我总在想，一个缺水的地方是很难干净的。只要有了水，你没法不干净，因为你面对水时再肮脏就会感到不安,甚至会感到羞耻。春水、夏水、秋水、冬水,一年四季,水都是干净的。我之所以不肯将肮脏之意象、肮脏之辞藻、肮脏之境界带进我的作品,可能与水在冥冥之中对我的影响有关。我的作品有一种"洁癖"。再次,是水的弹性。我想,这个世界上再也没有比水更具弹性的事物了。遇圆则圆,遇方则方,它是最容易被塑造的。水是一种很有修养的事物。我的处世方式与美学态度里,肯定都有水的影子。水的渗透力,也是世界上任何一种物质不可比拟的。风与微尘能通过细小的空隙,而水则能通过更为细小的空隙。如果一个物体连水都无法渗透的话,那么它就是天衣无缝了。水之细,对我写小说很有启发——小说要的就是这种无孔不入的细劲儿。水也是我小说的一个永恒的题材与主题。对水,我一辈子心存感激。

作为生命,在我理解,原本应该是水的构成。

我已经习惯了这样湿润的空间。现如今,我虽然生活在都市,但那个空间却永恒地留存在了我的记忆中。每当我开始写作,我的幻觉就立即被激活:或波光粼粼,或流水淙淙,一片水光。我必须在这样的情景中写作,一旦这样的情景不复存在,我就成了一条岸上的鱼。

水养育着我的灵魂,也养育着我的文字。

《草房子》也可以说是一个关于水的故事。

53

小说与诗性

这个话题与上一个话题相连。"小说与诗性"——在创作《草房子》的前后,我一直在思考这一命题。

何为诗性?

这是一个难以回答的问题。事情就是这样:一样东西明明存在着,我们在意识中也已经认可了这样的东西,但一旦我们要对这种东西进行叙述,试图做出一个所谓的科学定义时,我们便立即陷入一种困惑。我无法用准确的言词(术语)去抽象地概括它,即使勉强地概括了,也十有八九会遭到质疑。造成这种状况的原因,我以为主要是因为被概括对象,它们其中的一部分处于灰色的地带——好像是我们要概括的对象,又好像不是,或者说好像是,又好像不是。正是因为有这样的事实存在,所以我们在确定一个定义时总不免会遭到质疑。

几乎所有的定义都会遭到反驳。

这是很无奈的事情。我们大概永远也不可能找到一个绝对的、不可能引起任何非议的定义。

对"诗性"所做的定义可能会是一个更加令人怀疑的定义。

我们索性暂时放弃做定义的念头,从直觉出发——在我们的直觉上,诗性究竟是什么?或者说,诗性具有哪些品质与特征？

它是液态的，而不是固态的。它是流动的，是水性的。"水性杨花"这个成语通常形容某些女子的易变，这个词为什么不用来形容易变的男人？因为水性杨花含有温柔、轻灵、飘荡等特质，而所有这些特质都归女性所有——我说的是未被女权主义改造过的女性——古典时期的女性。

诗性也就是一种水性。它在流淌，不住地流淌。它本身没有形象——它的形象由他者塑造出来。河床、岔口、一块突兀的岩石、狭窄的河、开阔的水道，所有这一切塑造出了水的形象。而固态的东西，它的形象是与它本身一起出现于我们眼前的，它是固定的，是不可改变的，如果改变了——比如用刀子削掉了它的一角，它还是固体的——又一种形象的固体。如果没有强制性的、具有力度的人工投入，它可能永远保持着一种形象。而液体——比如水，我们可以轻而易举地改变它——我们甚至能够感觉到它有让其他事物改变它的愿望。流淌是它永远的、不可衰竭的青春欲望。它喜欢被"雕刻"，面对这种雕刻，它不做任何反抗，而是极其柔和地改变自己。

从这个意义上讲，水性，也就是一种可亲近性。我喜欢水——水性。因为，当我们面对水时，我们会有一种清新的感觉。我们没有那种面对一块赫然在目的巨石时的紧张感与冲突感。它没有使我们感到压力——它不具备构成压力的能力。历代诗人歌颂与水相关的事物,也正是因为水性是可亲之性。曲牌《浣溪沙》立即使我们眼前呈现出这样一幅图画:流水清澄,淙淙而流,一群迷人的女子在水边浣洗衣裳。她们的肌肤喜欢流水,她们的心灵也喜欢流水。当衣裳像旗子一样随流水在清风里飘荡时,她们会有一种快意,这种快意与一个具有诗性的小说家在写作时所相遇的快意没有任何差别。

我们现在来说小说。

诗性/水性,表现在语言上,就是去掉一些浮华、做作的辞藻,让语言变得干净、简洁,叙述时流畅自如但又韵味无穷;表现在情节上,就是不去营造大起大落的、锐利的、猛烈的冲突,而是和缓、悠然地推进,让张力尽量含蓄于其中;表现在人物的选择上,就是撇开那大红大紫的形象、内心险恶的形象、雄伟挺拔的形象,而选择一些善良的、纯净的、优雅的、感伤的形象,这些形象是用水做成的。

仁者乐山,智者乐水。

老子将水的品质看作最高品质:"上善若水。"

但我们不可以认为水性是软弱的、缺乏力量的。水性向我们讲解的是关于辩证法的奥义:世界上最有力量的物质不是重与刚,而恰恰是轻与柔。"滴水穿石"是一个关于存在奥秘的隐喻。温柔甚至埋葬了一部又一部光芒四射、活力奔放的历史。水性力量之大是出乎我们想象的。我一直认为死于大山的人要比死于大水的人少得多。固态之物其实并没有改造它周围事物的力量,因为它是固定在一个位置上的,不具流动性。因此,如果没有其他事物与它主动相撞,它便是无能的,是个废物,越大越重就越是个废物。液态之物具有腐蚀性——水是世界上最具腐蚀性的物质。这种腐蚀是缓慢的、绵久的,但却可能是致命的。并且,液态之物具有难以抑制的流动性——它时时刻刻都有流动的冲动。难以对付的不是固态之物,而是液态之物。每年冬季,暖气试水,让各家各户留人,为的是注意"跑水"——跑水是极其可怕的。三峡工程成百上千个亿的金钱对付的不是固体,而是液体,是水,是水性。

当那些沉重如山的作品所给予我们的冲动于喝尽一杯咖啡之间消退了时,一部《边城》的力量却依然活着,依然了无痕迹地震撼着我们。

现在我们来读海明威与他的《老人与海》。我们将《老人与海》说成是诗性的,没有人会有理由反对。从主题到场面,到故事与人物,它都具有我们所说的诗性。

诗性如水,或者说,如水的诗性——但,我们在海明威这里看到了诗性/水性的另一面。水是浩大的、汹涌的、壮观的、澎湃的、滔天的、恐怖的、会吞噬一切的。

在这里我们发现,诗性其实有两脉:一脉是柔和的,一脉是强劲的。前者如沈从文、废名、蒲宁、川端康成,后者如夏多布里昂、卡尔维诺、海明威。决千里大堤的也是水。水是多义的、复杂的、神秘的、不可理喻的。因为有水,才有存在,才有天下,才有我们。

《草房子》当无条件地向诗性靠拢。我的所有写作,都应当向诗性靠拢。那里,才是我的港湾,我的城堡。

个人经验

《草房子》写的是二十世纪五十年代末六十年代初的生活,是我对一段已经逝去生活的回忆。在中国,那段生活也许是平静的,尤其是在农村。但那段生活却依然是难以忘却的。它成了我写作的丰富资源。

或许是个人性格方面的原因,或许是由于我对一种理论的认可,我的写作不可能面对现在,更不可能去深入现在,我是一个无法与现代共舞的人,我甚至与现代格格不入。我最多只能站在河堤上观察,而难以投入其中,身心愉悦地与风浪搏击。我只能掉头回望,回望我走过的路,我的从前。我是一个只能依赖于从前写作的作家。当下的东西几乎很难成为我的写作材料。对此,我并不感到失望与悲哀,因为有一些理论在支持着我:写作永远只能是回忆;写作与材料应拉开足够的距离;写作必须使用自己的个人经验。

与海明威、福克纳、斯坦贝克齐名的美国小说家托马斯·沃尔夫曾在他的自传体论文《一部小说的故事》和《写作的生活》中不厌其烦地诉说着一个意思：小说只能使用自己的个人经验。在他看来，"一切严肃的作品，说到底，必然是自传性质的"。

我们应当认可这样一种观念。之所以要认可这样一种观念，是因为有一个很简单的道理摆在我们面前：一个小说家只有依赖于个人经验，才能在写作过程中找到一种确切的感觉。可靠的写作必须自始至终沉浸在一种诚实感之中，而这种诚实感依赖于你对自己的切身经验的书写，而不是虚妄地书写其他。个人经验奔流于你的血液之中，镌刻在你灵魂的白板之上。只有当你将自己的文字交给这种经验时，你才不会感到气虚与力薄。你委身于它，便能使自己的笔端流淌出真实的、亲切的文字——这些文字或舒缓或湍急，但无论是舒缓还是湍急，都是你心灵的节奏。这种写作，还会使你获得一种道德感上的满足：这一切，都是我经验过的，我没有胡言与妄说。并且，当你愿意亲近你的经验时，经验也会主动地来迎合你。它会将它无穷无尽的魅力呈现出来，你会发现，回味经验比当时取得经验时更加使你感到快意。

就"独特"一词而言，我们也只有利用自己的个人经验。

小说不能重复生产。每一篇小说都应当是一种独特的

59

景观。"独特"是它存在的必要性之一。因为它独特,才有了读者。而要使它成为独特的,我们只有一条路可走,这就是求助于自己的个人经验——个人经验都是独特的。

如同世上没有两片相同的树叶一样,世上也没有两份相同的个人经验。每一个人都处在自己的天空下。从根本上说,我们并不拥有同一片天空。社会、家庭、个人智力、若干偶然性遭遇、文化背景、知识含量、具体的生存环境,所有这一切交织在一起,必然造成人与人在经验方面的差异。这些差异或者是巨大的,犹如沟壑那般不能消弭,或者是细微的,而细微的差异恰恰更难加以消弭。差异使我们每一个人都获得了让别人辨认的特征,我们对望,在滚滚的人流中可以认出任何一个人。每一个人都是一份"异样",一份"特色",而小说看中的正是这些"异样"与"特色"。

然而,使我们感到困惑的是:我们的小说创作却常常游离于个人经验之外。

发生在创作过程中的"端着金饭碗要饭吃"的现象居然是一个普遍现象,这似乎有点不可思议,但却是不争的事实。绝大部分企图成为作家的人永远只是作为一个作者而未能坐定作家的位置,就在于他们在日复一日的辛勤写作过程中,总不能看到自身的写作资源——那些与他的生命、存在、生活息息相关、纠缠不清的经验。他撇下了自己,而以贫穷、空洞的目光去注视"另在"——一个没有与他的情感、心灵发生过关系的"另在"。这个"另在",一方面是离他远远的他人生活,一方面竟是别人的文学文本——他以别人的文学文本作为他的写作资源。竭尽全力地模仿,最终只是为这个世界增添了一些生硬而无味的复制品。

拉美有个小说家写了一本畅销书,叫《炼金术士》。这个故事很妙:一个西班牙牧羊少年连续做了几次情景相同的梦——他从他脚下的一座教堂的桑树下出发,穿过河流、高山与非洲大沙漠,最终来到金字塔下——那里埋藏着财宝。他决心寻梦。这天,他终于来到了梦中的金字塔下。他正在挖财宝时,来了两个坏蛋,当他们毒打了这孩子一顿并知道他在干什么时,其中一个嘲笑道:"你是这个世界上最愚蠢的人。不久前,就在你挖财宝的地方,我也做过两个相同的梦,我梦见自己从这座金字塔出发,穿过沙漠、高山与河流,来到西班牙原野上的一座教堂的桑树下,那里埋着财宝。但我不至于像你愚蠢到为两次相同的梦而去干那样的事。"孩子面对苍穹双膝跪下,因为他突然领悟了天意:财富就在自己生活的脚下。许多人的写作过程,也就是这样的过程:长途跋涉,历经磨难,终于回到自身。更可悲的是,这些回到自身的人,竟寥若晨星,绝大部分人都永远没有那个牧羊少年的觉悟,而在那个空空的金字塔下做无谓的挖掘。

也有一开始就将自己的文字交给自己的经验的,这些人无疑是创作队伍中的"先知"与"天才"。

"写作是一种回忆。"但能够被回忆的,只能是个人记忆。小说的使命之一,就是用珍贵如金的文字保存住一份又一份的个人记忆。这些众多的个人记忆加在一起,才使一个生动的、神采飞扬的历史得以保存。集体的历史的记忆是建立在无数的个人记忆之上的。我始终认为,《红楼梦》的历史价值是当时任何一部典籍、宫廷记录、野史都无法替代的,任何一位史官都无法与作为文学家的曹雪芹相媲美。《红楼梦》使那段历史得以存活——我们只有在阅读《红楼梦》时才有具体的感觉,仿佛它就在我们身边。尽管一个作家在进行真正的文学创作时并不将呈现历史当作自己的唯一重任,但,只要他尊重了自己的个人记忆,写出了他那一份决不雷同于他人的独特感受,就一定会在客观上呈现历史。《红楼梦》无疑也使我们获得了历史记忆。

历史学家,社会学家,他们也许有责任倾向于集体记忆,而文学家则应当倾向于个人记忆。正是因为有文学家的存在,历史学家、社会学家的概念才获得了形象的阐释,才使这些概念有了生命感。

我们在强调个人经验时,并不意味着对人类集体经验的逃脱,而恰恰是期望以它的独特性以及由此带来的差异性而对人类的集体经验加以丰富。

《草房子》带有自传性质，这是无疑的。

拒绝深刻

在《草房子》出版后的几年，当我的一些文学观念已经有了清晰而确定的表述之后，我的学生问我：您的小说在梦想的空间里一直将美感作为一种精神向度，甚至作为一种准宗教，以此救赎这个日渐麻木、下沉了的社会。但是，在这个强大的实用的物质社会里，您难道没有看到美感对这个社会及人心的救赎力量的有限性吗？

我回答道：如果连美都显得苍白，那么还有什么东西才有力量？是金钱？是海洛因？一个人如果堕落了，连美也不能挽救他，那么也只有让他劳动改造，让他替牛耕地去，让他做苦役去了。还剩下一个叫"思想"的东西。思想确实很强大，但思想也不是任何时候都强大的。思想有时间性，过了这个时间，它的力量就开始衰减。伟大的思想总要变成常识。只有美是永恒的，这一点大概是无法否认的。当然，美不是万能。希特勒不是不知欣赏美，但这并没有使他放下屠刀，一种卑贱的欲望使他那一点可怜的美感不堪一击。

后来我们谈到了古典主义和现代主义的问题。在我的学生看来，所谓的古典主义只是现代社会里的诞生物，而我的古典风格恰恰是一位现代主义者的另一种表现方式。因为在我的古典的美感表达里,同样思考着"恶""荒谬""欲望"等现代主义作家们思考的问题。学生问道:如果上述现代主义的关键词影响了美感,您将如何取舍?

我的回答是:不是取舍,而是让那些东西在美的面前转变——要么转变,要么灭亡。你在花丛面前吐痰害臊不害臊?你在一个纯洁无邪的少女面前袒露胸膛害臊不害臊?我记不清是哪一篇小说了,一个坏蛋要对一位女士动粗,而一旁一个天使般的婴儿正在酣睡之中,那个女士对那个坏蛋说道:"你当着孩子的面,就这样,你害臊不害臊?"那个坏蛋一下子就泄气了。当然这只是小说。在生活中,一个坏蛋才不在乎这些呢。但连美都不在乎的人,你还能有其他什么办法吗?只有诉诸法律了。

后来,我们谈到了所谓的深刻性。

学生说:我发现您的小说在人物的塑造上有一个普遍性的规律——善与恶都不写到极致。您的塑造常常处于一种"之间"的地带。这符合人性本身,但同时是否使得您的小说缺少现代作家笔下人物的深刻性?

我的回答是:我不光是写小说的,还是研究小说的,因此我比谁都更加清楚现代小说的那个深刻性是怎么回事,又是怎么被搞出来的——无非是将人往坏里写、往死里写、往脏里写就是了,写凶残,写猥琐,写暴力,写苍蝇,写浓痰,写一切一个人在实际生活中都不愿意遇到的那些东西。现代小说的深刻性是以牺牲美感而换得的。现代小说必须走极端,不走极端,何有深刻?我不想要这份虚伪的深刻,我要的是真实。而且,我从内心希望好人比实际生活中的好人还好,而坏人也是比实际生活中的坏人要好。但说不准哪天我受了刺激,忽然换了一种心态,我也会来写这种深刻性的,我对达到这种深刻性的路数了如指掌。

我会永远写《草房子》吗?未必。

谈谈《根鸟》

又一本书在韩国出版了,我心中充满喜悦。非常感谢韩国的出版社和读者对我作品的接受与理解,感谢全秀贞女士对它的喜爱。近几年,我看过一些韩国作家的作品,还看过不少韩国的影视作品。我的感觉是,我的美学观与韩国人的审美趣味有许多相似之处。韩国作品中的温馨、悲悯、优雅和纯粹与我骨子里的、几乎与生俱来的情调竟是那么的合拍。我为自己又有了一批韩国读者感到高兴。

我对美确实很在意。人们很少将美与力量联系起来。殊不知,美是这个世界上最有力量的——它的力量常常超过思想。一个人,固然需要接受思想的提升,但也要接受美的熏陶。就我个人的兴趣而言,我可能更关注美。因为在我看来,一个即使十分深刻的思想也是要过时的,而美却是永恒的。今天这个世界,人们关注得更多的是思想。我们在写一部作品、看一部作品时,往往只是去注意它的思想,将思想作为衡量作品质量的唯一标准。韩国学校的情况我不太了解,在中国的学校,语文老师在给学生分析作品时,总是那么执着地去探究作品的思想,一般是不会去分析作品的美感的。我认为这是很糟糕的做法。美给了我们情调,而情调是衡量一个人的质量的重要指标。我曾说过一段可能有点极端的话:如果现在有两个人让我选择做我的朋友,一个人思想固然很深刻,但却是一个没有情调的人,一个人思想虽然谈不上深刻,但却很有情调,我会毫不犹豫地选择后者——我宁愿与一个思想一般却有情调的人在一起,而不愿与一个思想深刻而没有情调的人在一起。

文学有许多维度,绝不仅仅只有思想这一个维度。

我在写作《根鸟》时一直沉浸在美感之中。山川的美,草木的美,人性的美,境界的美,还有语言的美,它们像清澈的溪水在绿荫中流淌着。我的身心始终是愉悦的。

我是一个很在意写场面的小说家。《根鸟》也可以说是一个场面小说。全书五章,分别以五个地名命名。我认为,场面找到了,故事也就有了。场面是小说的一个又一个的单元。其实,人生很像舞台。而舞台,就是一个一个的场面。在《根鸟》中,场面还具有象征性意义。五个大场面分别代表着梦想、纯情、善良、美丽、意志,也代表着邪恶与堕落等。

小说写的是一个梦,这个梦也许是真实的,也许是虚假的。但这无所谓,关键是我们还有没有梦想,还有没有对梦的浪漫情怀。这是一个非常物质化的时代,我们正在失去梦想,更对梦想缺乏追求。一个人失去梦想,这是天大的悲剧。梦是我们驰骋天涯的马,人类的昨天就是以梦为马,而创造了今天,创造了辉煌。那个男孩,没有退化,他在马背上,走着他的青春岁月。

走,去寻找那个开满百合花的峡谷。

在常新港新书研讨会上的发言

当年,台湾出版常新港的书时,我写了一个序。我在序中这样说——

台湾注意到常新港,似乎迟了一些时候。

在我的心目中,常新港是中国一个非常出色的作家。他是那种可以被我称为"真正作家"的作家。有许多作家——甚至是一些大红大紫的作家,在我的心目中其实并没有什么位置。我知道这样的作家,他们的创作终究是不能长久的。

大陆新时期的儿童文学创作,曾有过数次新浪潮。在这当中,常新港一直是一个很重要的人物。他的不少作品在这段历史中是具有标志性的。日后的中国儿童文学史是无法绕过常新港这个名字的,也是无法绕过他的那些作品的名字的。

在中国儿童文学界,我有许多志同道合的朋友,但就文学观念而言,我与常新港大概是最为默契的。我们对文学有同样的感受与理解,有同样的坐标与方向,并且对文学也同样的执着与忠心耿耿。这些年,虽然我们联系并不十分频繁,但对对方的心迹、创作的状态以及动作,都相当地熟悉,熟悉到了他的一本书出版后,我光从作品的名称上就能判断出那是出自他的笔下的。

我相信他是我文学上永远的知己。

他从写作的第一天开始就默认并坚持了文学的道统。他相信文学是有文学性的,它是一门艺术。一个作家,必须用他的才情、智慧、经验以及刻苦精神,虔诚地经营它。他从来就没有怀疑过文学的基本面的存在。在他看来,这些基本面从文学诞生的那一天开始,就像生命的基本元素一样,包含在文学之中。所以这些年来,无论多么风云变幻,也无论多么浪潮迭起,他一直是特立独行的样子、稳坐钓鱼船的样子、不为所动的样子、超凡脱俗的样子、袖手旁观的样子。他关心的不是变化着的东西,而是不变化的东西。当我们许多作家摆出要与生活同步的架势,整天嚷嚷着"不得了,我们跟不上了"的时候,常新港却一如既往地、安静地伺候着他的"文学"。他觉察到,文学的魂就在天边无声地游荡,他唯一要亲近的就是这个魂,这个千古不变的魂。他要做的就是将这个魂引入他的文字的宫殿,让它主宰这里的天下。

他的作品是文学作品。

他的作品是具有流传品质与能力的作品。

这些年,常新港一直是一个自由人。他在中国北部的大城哈尔滨很踏实、很平静、很心安理得地生活着。当很多人不满足这个寒冷又有点儿闭塞的城市时,他却从未有过向外跑的心思。他习惯了北方以及北方的天空与河流,也习惯了北方的空旷、萧瑟与干净。他深知自己的创作资源在何方,也深知自己闯荡这个世界的能力到底有多大。他在那里没完没了地打乒乓球,在那里没完没了地与朋友打牌,也没完没了地琢磨文学的门道。他潜心体会着来自世界的经典,这些经典的品质慢慢化进了他的血液。看来,独立对文学是非常重要的。只有始终不破的独立状态才能确保文学的品质。

常新港的北方,是中国儿童文学的一道风景。

常新港是一个只从事文学创作实践而很少对自己的创作加以阐释的人。我们经常会在一些重要的会议上相遇,但我们很难听到他的发言。我与他相交这么多年,还从未有过一次机会聆听他在正式场合的讲话。许多人对他的文学主张的了解是通过他的作品破译出来的。他似乎只喜欢让他的作品讲话。对于一个作家来说,重要的是作品,而不是他的理论。但谁要是认为他是没有理念并且是从不发表理念的,就大错特错了。事实上,当他遇到知己时,就会很有激情地发表他对文学的见解。我大概是聆听他的高见最多的人。他的文学见解很明朗、很透彻、很有逻辑,也很有特色,一句就是一句,每一句都代表着一个有关文学的真谛。

我们隔几年才能见一次面。从我第一次见到他,直到现在,我的感觉是,他一直就那么神清气爽。

今天,我们朋友们聚集到一起,除了阐释他的文学理路和他的作品,还有一个意思,就是为他的作品鼓与呼。

《红瓦》和《草房子》在中国和韩国遭遇了不同的境况。

同样,常新港的书在韩国走势很强,而在国内却不敌那些三流甚至末流的作品。那些作品,不说在韩国,就是走到同一语境中的中国台湾都难以前行。阅读是不公正的,也是不公平的,甚至是非理性的。

我想,该轮到常新港的书了。他的书不在世上广泛流行,天理不容。

对《窗边的小豆豆》的另一种读法

一本书,在一个有着十三亿人口但读书风气稀薄的国家发行200万册,不能不算是一个奇迹。

这个奇迹是怎么创造出来的?我想,除了出版人的精心和智慧之外,大概主要还是因为文本的质量。它一定在某些方面有着非同寻常的长处和能量,一定在某些方面与读者心灵的柔软处发生了碰撞,从而产生了呼应,而呼应是一本书走俏、得势的最重要的原因。

现在,我要问的第一个问题是:这部小说的主人公究竟是谁?

我认为,从某种意义上说,这本书的主人公既不是豆豆,也不是那个叫小林的"校长先生"——主人公的名字叫"教育",它的小名叫"巴学园"。

我们一定要注意,黑柳彻子的写作动机以及读者对这部作品的兴趣固然与一个叫豆豆的小女孩有关,但更重要的吸引力却与一个词有关:教育。

我们从黑柳彻子的《学记》中可以得到证明。她谈论的话题并不是豆豆,而是现代教育以及现代教育理念的化身——校长先生,以及体现这一教育理念的巴学园。

请注意一下这部小说的开头和结尾。

开头便是:一个叫豆豆的小女孩被一个学校拒绝了。更准确一点说,被一种教育理念甚至可以说是被某种教育制度拒绝了。她的母亲非常担忧地领着这个懵懂但却天真无邪的女儿走向另一个学校——巴学园。究竟会遇到一个怎样的结果,外表依然平静的母亲,其茫然、疑惑、毫无把握,不亚于站在悬崖峭壁之间。

幸运的是,那个具有西方教育思想背景的小林先生却愉快地接受了这个被其他学校淘汰出来的孩子。校长先生,差不多成了全日本第一个聚精会神地听一个小女孩一口气讲了四个小时的人。这是一个伟大的人。

在全部的叙述和描写中,巴学园一直是作为一个现代教育(人道主义、人本主义的教育)的乌托邦而存在的。事隔多年之后,黑柳彻子还在疑惑:在那样一个时代,自由的巴学园为什么还会得到文部省和国家的许可而存在呢?她能找到的解释就是:小林先生不喜欢张扬。也就是说,这所孤僻的学校并不为太多的世人所知。所以,它存在于日本,存在于世界上。

再看作品的结尾,你可以更强烈地感受到这部作品的着力之处——

巴学园起火了。

这里没有惊慌的、喊声震天的救火场面。大火在熊熊燃烧。黑柳彻子平静地、但却极其高超地描述了一个形象:那时候,小林先生站在大地上,静静地看着巴学园在燃烧。和平时一样,先生穿着旧得有点儿走了形的、但非常得体的黑色三件套西装,两只手放在上衣口袋里——这也是先生平时的习惯动作。小林先生一边看着火焰舞动,一边对站在身边的儿子——大学生巴说:"噢,下一次,我们办一个什么样的学校呢?"

这是神来之笔。

一个如此淡定的形象当是一个国家、一个民族的骄傲。这是许多日本人中的一个日本人。

大火在燃烧——燃烧的是他的私人财产,是他一辈子的心血,这一切将化为灰烬,但他却把两只手放在上衣口袋里,看着火焰在问:"噢,下一次,我们办一个什么样的学校呢?"大概也正是这个波澜不惊但却巨大的理想铸就了这一个永在天地间的形象。

校长不只是懂教学,更懂教育。教学与教育不是一个数量级的概念。今日之中国,所谓的优秀教师、优秀校长,其实他们中很多人只懂教学而不懂教育。我们拥有成千上万懂教学的特级教师和优秀校长,但我们却缺懂教育的教师和校长。

孩子们为什么喜欢这本书?

道理也就在这里:他们喜欢这样的学校、这样的校长、这样的教育。

家长们为什么也喜欢这本书呢?

道理也就在这里:他们希望他们的孩子能受如此教育,能如此顺应自然地成长。

问题是:校长、老师们为什么也喜欢这本书呢?他们所代表的教育理念显然是与小林先生的教育理念格格不入的。但,大概没有一个中国教师和中国校长会拒绝这本书。

秘密就在于:其实,所有的人都是向往如此教育的。

秘密还在于:黑柳彻子并没有向任何人强加她所喜欢的教育理念,她是通过温和的、宽容的方式去诉说的。即使豆豆被那所学校淘汰,那位母亲也只是无声地叹息。黑柳彻子在喜欢什么时,并没有去说她不喜欢什么。没有黑白分明的对立,更没有剑拔弩张的对峙。

这既是日本人的说话方式,也是我们可以借鉴的方式。

关于教育的小说,我们有的是。但是,十有八九是极端的。我们的作家太爱做小孩的代言人,一副主张人权的样子,一副自由民主的样子——与老师、校长作对,与学校作对,与整个教育制度作对,并将其妖魔化。因此,老师、校长、学校拒绝这些"聚众闹事"的书进入校园。我们总爱把事情弄得极端,弄得尖锐,弄得难以收场。

永远记住:小豆豆的校长先生既是一个具有自由民主教育思想的人,但同时他也牢牢记住了一个关系——教育与被教育的关系。他是教育者,小豆豆是被教育者。校长与学生的关系,是老子与儿子关系的一个变体。这个关系是不可颠倒的,这是社会伦理、教育伦理。长大成人的黑柳彻子对小林先生永远充满了敬仰之情,那是儿女对父辈的情感。

《窗边的小豆豆》的广泛流传,奥秘当然也在小豆豆。这是一个讨人喜欢的形象,从一开始,我们就喜欢。她善良、富于想象,最迷人的是她的干干净净的、没有一丝瘢痕的童真。一些细节让人难以忘怀:比如她跟校长先生借了两毛钱,从一位大哥哥那里买了一块"健康树皮",然后,不仅用它来测试自己是否健康,还用它为所有的人还有狗都测试是否健康。当所有的人嚼了这树皮都说不苦时,小豆豆很高兴:因为他们都很健康——她希望所有的人都很健康!

校长先生是伟大的,小豆豆也是伟大的。

还有母亲的那条叫洛基的狗,也是伟大的。

他们成就了黑柳彻子,成就了这部小说。

我说的第二个问题是：它为什么会流行？

从艺术上说，它的流行恰恰在于它的简单。这是一部没有任何写作难度的小说。它的难度在于寻找和确定下这种没有难度的写作。一个接一个的故事，有有联系的，但更多都是独立的。按事件顺序进行，没有时空颠倒，一种很朴素、很原始的结绳纪年的方式。

这些故事就是原来的故事。这里没有编织，甚至没有构思。照生活行进的样子写。

复杂容易，简单难。

艰深容易，平易难。

有些作品的模式是可以模仿的，实际上大家一直在互相模仿。可是能够被模仿的是什么样的作品呢？

越是复杂的东西，就越可以被模仿。

而这部作品是不可被模仿的，一模仿就陷入雷同。越简单的东西就越不能被模仿，因为它的简单，它的样子太容易被人指认了。

这份意义丰厚的简单使它赢得了广泛的读者。这种广泛，使日本天皇都知道了。

何为现代写作？

现代写作就是将简单复杂化，让阅读成为受苦受难受罪的过程。那些背后的、底部的、黑暗深处的"哲理"是要通过训练有素的专家学者们加以暗示和明示，才得以显示的。主题显灵是这种阅读的一个痛苦的期盼。由于艰深和玄奥,"现代"养育了一大批阅读的牧师,这些人负有解释和阐释权。阅读是在他们复杂的指导下得以进行的。从前朴素的、明朗的阅读,现在越来越具有神秘主义的色彩。阅读的快感是在九死一生之后才获得的,大多数"俗人"都半途而废了。除去耗费我们的心血,"现代"给一般读者的直接感受是冷酷的、压抑的、沉闷的、无往的、绝望的、向下的、堕落的。当越来越多的人从"皇帝的新衣"的现场效应中解脱出来时,一个简单的念头在升起:如果没有这些问题,世界是不是会更美好一些?这个发问,对"现代"几乎是致命的。

我们有理由在这里庆贺《窗边的小豆豆》在中国发行200万册。

关于名字的随想

人都想有一个好名字。即便是乡下人生下一个孩子，也不都是随意给一个名字的。尽管有阿毛、阿狗之类的小名，但大名叫什么，还是很认真的。比如我的表兄，小名叫陈扣子，大名却叫陈高远。再比如说我自己，小名很怪异，但大名却很方正并带了些古典气。在名字问题上，谁也不想草率。因此，一个地方上的最有学识的人就会不断地被人讨教，给起一个名字。讨教时，往往还会送些礼物，或十几只鸡蛋，或是新摘下的瓜；大方一些，也有抱来一只老母鸡的。我父亲是地方上的小学校长，自然就被看成了最有见识的人。这地方上的许多人名都是我父亲起的。我父亲起的人名不俗，绝无"有财""金贵""得福"之类。一些名字至今听来也还是觉得不错：文望、汝舟、善根、少蓬……我仅仅觉得，有些人不太配得上那些好名字，有点可惜。

我自己的名字，十八岁之前，我没有注意过它，觉得它仅仅是我的一个代号,但后来开始写东西了,就注意了起来。倒也不觉得这名字不好,但不知何故,心底深处常有拟一个笔名将它取而代之的念头。深究下去,感觉就明确起来:我这个名字过于方正,且又与我躁动的性格不符。单说"文轩"两字,方正之感似乎还不十分强烈。那天,陈建功告诉我,他住处的对面新开了一家格调颇雅的酒店就叫"文轩",开玩笑说让我告他们侵权。可见这名字还是很被人看得上的。问题就出在它与我的姓的搭配上,是我的姓牵连了它。"曹"这个字,大概要算是汉字里头最死板、最无神采的一个字了。它既没优雅的一撇,也无风流的一捺,又没有画龙点睛一般神奇的一点,只是由纯粹的横与竖搭配而成,且那横那竖又是那么的多。从字面上看,这个字就显得僵直而古板。"田"字也是由横和竖组成,但它因为笔画疏朗,且又是个象形字,让人联想到白水青苗、稻麦,便没有僵直与古板了。碰上"曹"这样一个姓,就得有个好名字冲淡它一下,补救它一下。弄好了,反倒能相映生辉,相映成趣,如曹操、曹禺。我觉得曹禺这个名字实在起得好,一个"禺"字,与一个"曹"字搭配在一块,光从字面上看,就很和谐,那"禺"字作名,也很绝。总而言之,我对我的名字有遗憾,总想新造个笔名。但无奈屡造屡觉还不如我现在的名字好,就一直还将它姑且用着。

我的名字当然是父亲所赐。我有时不免因这样一个

"老气横秋"的名字在心中对父亲有小小的埋怨。然而,等我有了儿子,轮到我来给儿子命名时,我就忽然觉得,父亲能给我想出这样一个名字来,已相当不易了。我曾给儿子想了无数个名字,都逐一否决掉了。后来实在想不出了,就去翻《全唐诗》,看那里头能不能给我一个名字。一日,见到了李商隐的《霜月》,读第一句时,目光就停住不走了:初闻征雁已无蝉。这里头,"征雁"二字很合我心意。儿子生在秋天,其时,蝉语已息,而天空正大雁南飞,我的根又在南方,其"征雁"中的"征"也颇有气概。于是,"征雁"二字便成了我儿子的名字。我为这个有点来处的名字很得意了一阵。但后来发现这名字也有不尽如人意之处。去医院给儿子看病,你若不强调"雁"为"大雁"的"雁",医药发票上十有八九是"燕子"的"燕"。一次,孩子生了稍大一些的病,手头便积了一堆医药发票,拿到北大来报销,人家以互助医疗证上的名字为准,将凡写"曹征燕"的发票一张张刷下不肯报销,最后,写着"曹征雁"的只剩下两三张。最让人头疼的是,有人问我孩子叫什么名字,我做了回答之后,对方会说:"哦,燕子,是个小姑娘。"这就使得我家的那个"小伙子"非常不高兴。儿子的命名使我深知,得一圆满的名字真是件不易之事。如此一想,我倒从心里感激起父亲来:他竟然能给我这样一个名字!

  人为什么如此在意名字?名字不就是人的一个符号

吗？通常来说，大概也就是这样：人是人，符号是符号，风马牛不相及。但，事情似乎又并非这样简单：符号本身也参与了人的形象塑造，符号也能为人创造价值。一句话，符号本身也是内容。

首先来说，符号常常会影响一个人日后的身份。虽然一些好名字未必都能使这个人日后在身份上与之相配，但反过来说，一个不好的名字，却总要妨碍他日后的气候的。一个叫"吴阿狗"的人，大概很难当上局长，更难当上部长。开大会，主持人介绍"这是吴阿狗局长"或"吴阿狗部长"，台下准会哗然一片。即便这位吴阿狗实际上绝对有当局长或当部长的才能，人们也很难将这样的名字与局长、部长之类的职位联系起来考虑。如果这个吴阿狗是个作家，即使他写出再辉煌的作品，即使他再有多么了不起的文艺思想，我们也很难将他当作一面旗帜。"高举吴阿狗文艺思想的旗帜"——感觉不对。"吴阿狗"这个名字很毁人，甚至能把人逼到完全符合"吴阿狗"这一称呼的道上去，去做吴阿狗应做的事，如卖肉，如开一家小酒馆，如做一名捐客。这个吴阿狗注定了不能成为伟人。他一辈子吃亏就可能吃亏在这个名字上。

在人们的意识中，恰恰是将符号与人等同起来看的。符号不仅与人的身份相符，还与人的性格、气质相符。若不然，一个作家在写作品时，为什么要绞尽脑汁去想那些人名呢?几乎所有作家都感觉到了,一个恰到好处的名字,在完成人物刻画、意境营造乃至整个作品的圆满完成诸方面上,皆有不可小觑的奇妙作用。一部《红楼梦》,那里头的金陵十二钗、等级不一的数不清的丫鬟们的名字,岂止是反映了曹雪芹的文化趣味?若无这些名字在其中闪烁,大概这部辉煌巨著都将是不存在的。曹雪芹在人名上所费的心机,我们已无法揣测。也许对他来说,那不太费事,但有一点是可以断定的:这上上下下、形形色色的人等,其名字一一都是有讲究的。凡搞创作的人,大概都有这种为人物命名的苦恼——是一种大苦恼。情况常常是这样:觉得很难为那个人物找到一个恰当的名字。当然,情况也常常会是这样:一个恰当的名字使你忽然对你的人物的成功有了信心。在为人物命名上的经常性的捉襟见肘迫使人平时不得不注意积累一些名字。就我而言,这种"无名"的苦恼使我颇有点变态地搜罗名字。看到学生名单,我得溜一遍;看到居委会贴出来的可生育的妇女名单,我也得溜一遍;甚至在看到枪毙人的布告时,我也心不由己地要注意一下,看哪个名字日后可在我的作品中派上用场。天长日久,我慢慢地摸索出了一条规律:什么样的名字可以从什么样的渠道获得。现如今,我已有了一个不小的名字库,一般情况下,总能从中找到几个符合人物特点的名字,仿佛那些名字是专为那些人物准备下的。

人们之所以在意识中将符号与人等同起来看,我以为是源于人们的一个原初记忆:符号与对象是对应关系。暂且抛开人名不说,从一般意义上讲,最初,所有的符号都不是一个虚空的符号——符号之下必有对象。如"山"这一符号,它被创造出来,那是因为现实世界里确实有山。但人们没有想到,符号后来日益多了起来,且有一种情况经常性地发生:对象呜呼哀哉,不复存在,但符号仍活生生地存于世间。这些符号飘移开去,凑在一起,组成一个并不依附于对象的独立王国,并且还自行繁衍,日益膨胀壮大。然而,死心眼的人却只记着:符号是依赖于对象而存在的。这点记忆,使人在面对人名与人时,就产生了一个心理效应:那人名就是那个人。既想不到盛名之下,其实难副,也想不到庸名之下,可有雅士。因此,不管怎么看,人们也不能从心里承认吴阿狗能当局长或部长。

写《老残游记》的刘鹗老儿似乎看出了人的这点很没道理的意识,作品中就有了这样一个细节:老残收了一个名叫"翠环"的妓女,他觉得这名字太俗,且也不便再叫了,遂替她颠倒了一下,唤作"环翠",便觉得雅多了。作品里头的老残,名字与号也都是有讲究的。这"老残"二字,很让人有世纪末、落拓不羁、玩世不恭、名士风度的感觉,颇有味道。若换另外的一个,这作品大概就要丢失许多东西。

从外部来看,一个人的名字可能会影响到别人对他的印象。若从内部来看,一个人的名字,对他是否也确实有规定或诱发之类的作用呢?我倒不相信一个人叫"理财",他日后就真的会算计金钱;一个人叫"文采",他日后就真的会写一手好文章。但我却坚定不移地相信一点:命名本身确实是具有力量的。一个文质彬彬的名字,千人唤万人叫,天长日久,他且又得了点文化熏陶,也许他就真的顺着那个名字去书写自己了。同样,一个雄风浩荡的名字,千人唤万人叫,天长日久,他且得了历史的机遇或得了武运,也许他就真成了个风云人物或是能率领千军万马的将帅。我就不相信,一个从小就被"虎子虎子"地叫着的人,那个名字对他增添一些虎气就不起一丝一毫的作用。

相对于普通人而言,这个世界上最在意名字的人莫过于写文章的人了。写文章的人有个好名字,大概比任何一个人都重要。写文章的意图自然有十分高尚的方面:为民族,为人类,为进步,为文明……但想出名这一点,大概也是否认不了的。其实,想出名也并不是不高尚的动机。若想出名,你的那个名字最起码要做到一点:让人容易记住———听就能记住。当然,容易被记住的,未必就是个好名字。在日本东京,一位父亲为了使他儿子的名字成为一个令人永不能忘的名字,竟把他命名为"恶魔"。地方注册局(大概相当于我们上户口的地方)最初是同意这个名字注册的,但司法部否决了,理由是这个孩子会因为这个名字而被人戏弄与歧视,这将影响这个孩子的身心健康。这孩子的父亲不服,于是上诉到法院。我就觉得,这个父亲想儿子出名有点想疯了。我们有些写文章的人,那名字虽不像这位父亲起得那么吓人,但也不是好名字。"六必居""肥肥安"之类的名字,尽管容易让人记住,但那名字就注定了你永不会被人看成是个大文章家——即使你的文章实际上写得并不坏。既要让人容易记住,又必须是个好名字,这实在不易,但你却必须有。我一直觉得,中国现代文学史上的一批作家,差不多都有一个好名字(当然,其中有些名字并不是他们后来起的,而是小时候就有的):鲁迅、郭沫若、茅盾、巴金、老舍、曹禺、闻一多、冰心、徐志摩、林语堂、丰子恺、郁达夫……张爱玲不喜欢她的名字,在《必也正名乎》一文中,称"张爱玲"为"恶俗不堪"。她倒也没有放弃,后来一直用了下来。其实这名字虽然有点俗,但并非"恶俗",读起来很容易,很明亮,并有一种温馨感,仍然还是个好名字。当代作家里头也有不少好名字:铁凝、池莉(这个名字中的"莉"本也是个俗字,但与"池"搭配,就有了另一番味道)、贾平凹、舒婷……有些作家直言不讳地说一个好名字给他带来了好文运。莫言从前以"管谟业"的真名涉足文坛,东奔西突,似乎也不见反响。这"管谟业"三个字太涩,且又拗口不响,即使让你默读十遍,你大概也会转身即忘。但"莫言"两字一出,你想忘也难忘了。还有苏童。我记得他以这个名字发表《妻妾成群》时,作家班的方立平来告诉我说:"《收获》上发了一部中篇,叫《妻妾成群》。"我问作者是谁,他说:"苏童。""苏童?"我当时对这个名字有说不清楚的一番好感,只觉得这名字字面上好看,音色也亮,似乎还有一番很富诗意的境界,并莫名其妙地觉得那个我根本还未读的《妻妾成群》一定是一部很有味道的作品。后来读到苏童的一篇随笔,发现他自己竟是那样地感激这个新起的名字:有了它之后,他名声大作,甚至连以前所积压的退稿都一篇篇重见天日。他认定是这个名字决定了他的命运。

这篇文章是对名字的随想,随想就不免随意,随意也就不免会极而言之,甚至有些夸大其词。

李有干先生

李有干先生是我的老师。我始终在心中认定,我的今天与他在昨天所给予的扶持密切相关。很多年前,当我在偏僻的农村走投无路时,是他将我引向了文学世界——一个越来越广阔、越来越丰富,也越来越湿润的世界。他给予我的也许超越了文学方面。他的性格、作风,甚至生活上的习惯与嗜好,都在那段我与他密切相处的岁月里,潜移默化地影响了我。

在我的历史里,他无疑是一个重要的书写者。对他,我将永远心存感激。

今天,轮到我来为他的作品集写序,心中不免有些惶然,竟然不知道该说些什么好,一拖再拖,拖了好几个月,才终于坐到桌前。这原因大概在我对他以及他的作品太熟悉了——熟悉到将印象全都磨平了。

他对文学的执着,是我在文学界所认识的师长及友人中无一人能相比的。三十多年前,盐城还是一个穷地方。那时他在县文化馆工作,任务是辅导业余作者。在我的记忆中,他一年的大部分时光都在路上,在乡下。他个头很高(年轻时是出色的篮球运动员),肩略斜,提一只包,一身干净地走在通往各个乡镇的公路上、小河边、田埂上。尽管他每到一处,地方上的干部以及我们这些翘首以盼的业余作者都尽一切可能招待他,但限于当时的物质条件,他仍然是非常吃苦的。寒冷的冬天,手冻得无法提笔,而那些业余作者又急切地想早一点看到被他改过的稿子,他就全靠不停地喝开水来取暖。他一天能喝掉三四暖壶开水。至今我的记忆里仍然保存着一个形象——双手抱住茶杯的形象。炎热的夏天,乡下的蚊子多得用手几乎推不开,真是蚊声如雷,他就钻在蚊帐里为那些将文学之路几乎看成是生死之路的业余作者看稿、改稿。后来,我到北京大学读书了,他仍然一年四季往乡下跑。再后来,这样的辅导就不进行了,但他本人的创作却一直坚持着。他曾是文学讲习所的学员。那时候,进文学讲习所的人,在文学上没有两下子是不可能的。他很早以前就决定下来将自己的一辈子交给文学。他不想也不可能改变初衷。这些年,他在苏北盐城就这样孜孜不倦地写着。每每看到他发表出来的新作品,我心中总有一种感叹:真是不容易。在中国,一个作家想维持他的创作,似乎都得住到大城市里来,至少是住在省城。这自然也有一定的道理,偏远处容易闭塞,缺乏与外界沟通的条件,一会影响创作本身的发展,二是不容易发表作品。他很踏实地住在那座四面都是水的小城,通过报刊和各种消息的渠道,尽量感知世界,感知审美风尚的变化,然后毫不保守地调整着自己,寻找自己的位置。我每次回盐城,他都要求我在他那里待一些时间,他不放过任何一次可能给他带来新信息的机会。他凭自己丰富的经验、敏锐的感知能力以及永不疲惫的心灵及身体,与世界、与文学、与美学的潮流保持着一种青春而又结实的关系。就是在那样一座讲究实际的、缺少足够文化气氛的又缺乏文学群体的小城,他几十年来源源不断地发表着他喜欢、我也喜欢的作品。这是一个奇迹。我不知道中国有多少在这种情况下还能维系创作并一直保持在一定水平的作家。或许是因为除了文学他就什么也没有了的缘故吧。在我的感觉中,文学已成了他的必需。他所做的一切的一切都跟文学有关,他的思维的终点终归是文学。文学给他带来了那个地方上的人所没有的心境,给他带来了年轻(别人对他年龄的估计,一般情况下都要低估十五岁左右),给单调无味的小城生活带来了一种不可穷尽的丰富。他是那个地方上最富有、最有情调的人之一。

他的创作顺从了他的天性与经验,而不是四面八方泛滥成灾的理性。他也缺乏与理性耳鬓厮磨、水乳交融的条件。他选择了朴实——朴实地看待文学,朴实地侍奉文字。他扬长避短,从不去搞文学上的花样,也从不在作品中玩味不知来自何方的、形而上的、玄而又玄的主题。他要将自己的作品写得自然,就像生活。他在他的经验世界里挑选那些可以进入文学作品的人物、事件、故事与语言。他深知,他最大的财富在于自己的经验。他向我无数次透露他这一辈子是不可能写完他这一辈子的。这一点我深信。在我们相处的日子里,他能通宵达旦地向我讲他所经历的一切,他有多得不计其数的故事,这些故事是一些你编都无法编出来的故事。这些年来,他就是靠这些故事支持着他的小说、他的精神殿堂。我也无数次地借用了他的故事——因为太多,他丢弃了许多。他的小说与时下那些完全靠语言堆砌、完全靠写感觉的小说不是一路。他的小说可以读,可以被复述,因为这些小说是靠故事而得以写成的,里面没有多少泡沫,没有多少空隙,只有实实在在的故事,这些故事里又有实实在在的人、实实在在的主题。他有时可能在经验面前无法进行超越,但放弃超越对他来说也是明智的。他不是怪人、怪才,又没有那么形而上的人文氛围,也没有人能经常和他谈论一些比较尖端、比较抽象的话题,他无法与那个所谓的终极世界相遇。他活在他的经验世界中,自得其乐。殊不知,停留与超越都是需要的。世界上的小说家都像卡夫卡那样去写"城堡""地洞""变形的虫",也是可怕的。

他是一个具有地方特色的作家。他不是一个走南闯北的作家,他尽量了解外面的世界,但对外面的世界并不特别感兴趣——或者说,他无法走入外面的世界。他对外面的世界的解读虽然有深刻之处,但毕竟这种解读对他来说不是他的特长。他索性就不解读,管他呢。他的脚底下有一块奇特的土地,这块土地上活着一群奇特的人,这些人中间无时无刻不在发生着一些奇特的故事。面对这份独特的创作资源,他再也无暇顾及外面的世界。风车、芦苇、油菜花、海滩、帆船以及苏北大平原上的一切物象对他而言都有说不尽的魅力。他的审美世界就在这里。他的文字像无数的风筝,飘得再高再远也飘不出他的视野。从他出道那天开始,他的视野就没有挪移开去。他的作品的价值也许就在这里——它们向我们静静地呈现了一块土地。奇妙的是,这些只是一方土地上的人与故事,却一样反映着人类共有的兴趣。世界上的作家有写天下的,有写一隅熟土的,这两者之间其实难分高低。这就好比两个人走路,一个人走路爱仰着脖子朝天上看,一个人走路爱低着头朝地上看,两个人走路方式不一样,但你不能说一个走得有理,而另一个走得无理。李有干先生沉浸在这份地方特色之中,涂抹着一幅又一幅使外人感到新鲜的画面。生日满月、婚丧嫁娶、奠基择穴……独特的风俗显示着独特的文化,

93

这些作品至少可以成为一个地方历史的活的文字。

　　他的几乎所有文字所做的都是感情上的文章。二十多年前,他曾以无数的感情故事打动过我。而至今,他一直还在做这个文章。他或许不是一个思想上的强者,但他却是一个感情丰满的人。他的世界就是一个感情世界。父与子、男与女、老人与小孩,甚至于人与动物之间,都是一个感情的关系。他将情看得高于一切,看成世界上最美的东西——大美。写到情,一切好像皆随之有情;写到情,他人为之而心动,为之而净化。他一般不在他的作品中去挖掘思想深度。他一进入一部作品的构思,就被"感情"一词拖曳而去。他无法拒绝它。他对感情的重视也许并非来自他对文学职能的理解,但,确实切合了文学的功能。从根本上讲,文学从一开始,并不是满足人的理智需要的,而是满足人的情感需要的。人们之所以亲近文学,是因为人们在现实世界中出现了感情上的饥荒。文学温暖着我们,抚慰着我们,并在情感方面提升着我们。我们对文学的感激首先大概在于它在我们处于孤独之时给了我们温馨而柔和的细语;在我们处于痛苦之时,给了我们快乐;在我们处于沉重之时,给了我们轻松。李有干先生所写的感情,既是我们一般人的感情,又是一些特殊的感情——乡情。这种感情以淳朴、厚重为特色,表达方式直率而不乏单纯。他对这种乡情深有体会,因此才将心思用在这种感情的表达上。这种情感,也许是我们这些现代人、城里人所不具备的——现代人、城里人已丧失了这种感情,也丧失了这种表达方式,但它却是我们所向往的。它能够净化我们。

李有干先生生活在一个水网世界里。这里沟河纵横,满眼是水。他喜爱这个世界,一落笔,每每都要写到水。水的湿润,水的柔和,水的灵性,水的万种风情,他都喜欢。他笔下的人物与故事,往往都与水有关。水使他的文字避开了现代文学的枯涩与憔悴。我似乎能想到,当他动笔时,他的眼前总要出现一望无际的芦苇荡和弯弯曲曲的小河,他的耳畔总能听到淙淙水声,他的鼻子甚至能闻到水与水中植物混杂在一起的、水乡所特有的气味。水不仅是风景,甚至是那些人物的灵魂、心态与生存方式。他的小说是由水做成的。

我将永远祝福他和他的文字。

神秘的成长

成长充满了神秘感。还是那样一个来自母亲的身体,但现在却出现了许多莫名其妙的变化:腿、胳膊、皮肤、神经、头发、声带,所有的一切都出现了"变异"。这些变异甚至使他本人都感到不够自然、无从把握。还有更隐秘的、几乎不可告人的变化——无论男孩还是女孩。他们觉得身体内有一种什么东西在发芽,并在不停地生长。夜间,多了许多从前不曾有过的梦幻。他们还会时常在酣睡中忽然地有一种麦苗在夜露中拔节而长的感觉。他们不知道自己的身体里到底发生了什么。他们空前地开始喜欢一样东西——镜子。他们在悄悄地打量自己,仿佛在认识一个陌生的人。他们当然知道,镜中的那个人,就是他自己,但总是抹不去生疏与隔膜。对镜中的映象,他们会有喜悦,也会有伤感;会有欣赏,也会有厌恶。他们对镜中的映象会十分在意,甚至有点吹毛求疵。类似于镜子的一切意象,如一汪清水,如一块明亮可鉴的金属,他们都可能注目凝眸或投以一瞥——看一看自己。在他们的内衣口袋里,在他们书包的深处,或是在枕头底下,都有可能藏着一面镜子——尤其是女孩儿。镜子竟使他们的情绪显得混乱无序、喜怒无常。一切都变得不可思议。

对这些无可解释的变化,他们甚至会有一种恐怖感。他们发现自己现在竟然有了"可耻"的欲望。他们怀疑自己是不是在变坏——魔鬼开始附身。一些"罪恶"的念头不时地闪现,甚至开始不住地骚扰,从而使得他们心神不宁,学习、饮食、谈话都变得难以集中注意力而总是显得心不在焉。本来一个很平静、很安定、总能将事情做得很仔细的人,现在却总是无法回避浮躁与无精打采,而结果是常把事情做得糟不可言。学校、家长都是一团的疑惑:这好端端的一个孩子,究竟是怎么了?他开始痛恨自己,然而,又总是无法去把握自己。有些时候,他们似乎是喜欢这份"罪恶"的。他们战战兢兢地走向它,犹如一个胆小的孩子面对一个巨大的石窟,不敢深入,却又克制不住地想要进入纵深。在惶恐与快意的战栗中,他们身不由己。他们最终必将战胜恐怖——与其说是战胜恐怖,不如说他们已经适应了变化,并已开始正视这些变化了。

成长过程居然是一个充满了痛苦的过程。本是一片没有太大动静的心田,忽然在一场春雨之后,变得生机盎然。

97

然而,生长出来的并不是一样的东西。它们是互相排斥的,倾轧、冲突无休止地发生着。当然这其中总有一股新鲜的、向上的力量,在各种混乱的力量中企图直线向前。它像一匹没有管束的野马,踏着脆嫩的心野,要走向开阔,走向阳光,走向诗意。有无数的阻隔与羁绊,它会在冲决中碰得头破血流。但,没有任何力量能够真正地阻止它的前行。它叫良知,叫理想,叫人性。它来自于造化,又来自于教化。在此之前,他的心灵虽然也不时地遭受冲击,但大多没有太深刻的印象。而现在,心灵感受到了风暴——他开始了真正的人生战斗。童年的和平时期终于结束,号角吹响,战场来到了脚下。这是一场幼稚而充满抒情意味的战争。

多疑、自尊、嫉妒……他们的心理被轮番袭击。他们变得有点怪诞,让人不太容易琢磨。这个时期,他们很容易树立对立面——同伴、父母、老师随时都可能成为他们戒备、愤怒甚至仇恨的对象。他们有一种弱势感,因此,一方面拼命保护自己,一方面做出动作有点夸张的反抗。而此时的成人似乎也变得敏感起来,他们总觉得空气里散发着诡秘不安甚至危险的分子。他们有一种本能的窥视欲望。而被窥视的成长者,对自己被窥视显得更为敏感。于是,一场拉锯式的窥视与反窥视的"战争"就开始了。这一阶段,上锁的抽屉又成为一个意象、一个象征。随着成长阶段的慢慢结束,和解才会慢慢地开始。

这是人生中最热衷于憧憬的一个阶段。此时的他们喜爱摆出一副远眺的姿态。他们有一个朦胧的前方。这个前方究竟有什么样的风景,他们并不能做出具体的描述,但,它依然那样强有力地吸引着他们。眺望的姿态是优雅的,他们会有一种为之心动的豪迈感、悲壮感。来自母体的幻想力,现在借了一些似懂非懂的知识,突然变得强劲起来。他们将前方想象成各种各样的,并且都充满了诗情画意。神态的痴迷,有时也会感动成年人,并会使已经变得实际、世俗的成年人羡慕。并不总是眺望,上路的欲望在与日俱增,终于有一天,他们觉得该上路了。路又是一个意象,一个象征。

恐怖也好,痛苦也罢,他们依然迷恋这段时期,因为他们感受到了成长的快意与美感。身体虽然还未成形,甚至显得有点不合比例,但越来越具有线条感与立体感,并且多了许多让人激动的元素。原先简单的心理,也开始变得丰富起来,犹如一口池塘在天空下汪满了清水。生活变了,故事多了,日子一天一天地变得更有内容。原先他们是站在世界大门外的,现在却站在了世界的大门口,并正抬脚跨过门槛去。汗津津的成长中,他们经常会因兴奋而双颊泛出红潮,那时,他们终于知道了什么叫作美感。

肉体在成长,灵魂也在成长。

终于化蛹为蝶,他们破壳为"新人"。

圣　坛

一个学生毕业了,决定让他留校任教,然后却又许他逍遥校外,放他回归老家故土,优哉游哉一年有余,这在北大历史上究竟有无先例,不大好说。

1977年秋,我总算熬毕业了,上头却说:你留校。"北大不可留"这一认识对我来说早已深入骨髓。几度春秋,几度恐怖,将人心寒了。北大不好,很不好。又要将好端端的一生缚于危机四伏的讲坛上,更叫人不情愿。说老实话,北大在我印象中是很不招人爱的。

借"深入生活"之名,我回苏北老家了。在乡间自由自在、无拘无束、无法无天地晃悠了一年多,我才又回来——我只有回来,因为种种原因,我别无选择——我必须站讲坛——这大概就叫"命"。

要命的是,我后来却完全颠倒了,直颠倒到现在非北大不肯去,并把讲坛一寸一寸地挪到了心上。细究起来,其中自然是有原因的——它叫人有一种"自由感"。这或许是因为它付出了沉重的代价(它似乎一下子将恐怖用完了),而获得了这人类最宝贵的东西。又或许是它的自由、民主的传统。这传统像灵魂一样,长期压抑,纵然有人挖空心思用掺沙术,也未能使它泯灭。而如今,它又醒了,并赤裸裸地在未名湖边游荡。我这人天生散漫,受不得规矩,受不得束缚,受不得压抑。我怕一旦走出校门,便失去这开朗、轻松的氛围。它叫人有一种安全感。它不在真空,免不了染上种种社会恶习,但它毕竟是文化人群居之地,高度的文化修养使人少了许多杂质。文化温柔了人的性情,净化了人的魂灵。我走动于这群人中间,觉得不用提防,更不必睁大了眼"横着站",至少在我所在的一片小天地里是如此。大家温文尔雅,且又能互相谦让,关系简单如1+1。我实在害怕每天得付很多脑力去琢磨人际关系,害怕算计,更惮惧受暗箭袭击。那样活着,委实太累。我还很欣赏这里的节奏。从外表上看,一盘散沙,稀里哗啦,全无约束,然而在它的内部有一种看不见的张力。这无形的张力,像鞭子催赶着人,使人不敢有片刻的喘息。它松散,吊儿郎当,却在深处激烈竞争着。一出校门,我轻松得如春天乍到卸去沉重的寒衣,而一踏进校门,就像被扔进急速翻卷的湍流里。而就在这湍流里,我获得了生命扩张的快感。这里的人都很忙,来往甚少,有点"鸡犬之声相闻,老死不相往来"的味道。时间长了,我倒习惯了这种宁静与寂寞,甚至是孤独。我由一个坐不住、猴儿一样不安分的人,变得别无他想、死心塌地地蜗居于斗室,竟不肯到人流中去、到热闹中去了。那颗原先喧闹不宁、躁动不安的心,安静得连我自己都感到迷惑和吃惊。我分明觉察到,中国传统知识分子的种种气质已一点一点地渗入我的血液,我变得跟这个社会有点格格不入了。

我不太好走出去了。

使人不肯离去的原因,主要还是那个寒陋的讲坛(北大的讲坛未免有点寒陋得不像话)。

要上讲坛了。半个月前,我还无动于衷,全不当回事。可是在上讲坛的头一天,我忽然紧张起来:也就是说,明天,我将开始教学生涯了。教师的责任感似乎与生俱来,不做教师,你一辈子都感觉不到,而只要你一做教师,它就会自动跳出来抓住你的灵魂。晚上,我敲开一位先生的门,问:怎么讲课?

他像修炼很深的禅师面对未悟的弟子,头微微向上,少顷,说出四个字来:目中无人。

我退出门外。

我记得我的第一次课就没有失败。下面安静极了,我能清楚地听见台下动人的喘息声,这全靠那四个字给我撑着。从那以后到现在,我一直信那四个字。我对"目中无人"

似乎有所悟：目中无人非牛气哄哄，非内荏而色厉，非蔑视，非倨傲，非轻浮，非盛气凌人。无就是有，有却是无。是一种境界吧？人格上的、精神上的、气势上的？是对学术观点的诚实和对真理的自信吧？此言似乎只可意会而不可细说。但有一点，似乎又是可以说的：所谓无人，就是没有具体的人，而只有抽象的人。因此之故，即使只给二十人的一个班上一年课，在课堂上我也往往很难记住一个具体的面孔。似无人，但恰恰是把听课者看得很高的。

敢目中无人，却不敢再掉以轻心。我很景仰一位先生，既为他的人格又为他的学识。然而我想象不出，就是这样一位先生——一位凭他的学识，上课玩儿一样的先生，却在上课之前竟对明明认识的字一个个怀疑起来，然后像小学生一样，去查字典，把字音一一校对、标注。我敢说，他的这种心理，完全是因为他对讲坛的高度神圣感引起的。这件小事使我不禁对他又景仰三分。我喜欢这份严肃，这份认真。当然，我并不排斥"名士风度"。我很钦佩有人不用讲稿，竟然雄辩滔滔、口若悬河、一泻千里。我曾见过一位先生，他空着手从容不迫地走上讲台，然后从口袋里摸索出一张缺了角的香烟壳来，那上面写着提纲和要领。他将它铺在台子上，用手抹平它，紧接着开讲，竟三节课不够他讲的，把一个个学生讲得目瞪口呆，连连感慨：妙，妙！而我只能向其仰慕。我这人缺少这份好脑子。我得老老实实地备课,然后一个字一个字毫不含糊地全都写在稿纸上。有时看样子离开讲稿了,但所云却几乎无一句是讲稿以外的突发灵感。我有数,像我这样做教员,是很累的。可我笨伯一个,无可奈何。时间一久,我退化了,离开讲稿竟不能讲话,一讲,八成是语无伦次,不知所云。

我何尝不想来点名士风度,来一张香烟壳儿就侃它个三四个小时,好好潇洒它一番?可我不敢。

讲坛是圣洁的。我认识一位外系教员,此公平素浪漫成性,情之所至,捞衣卷袖,把衣襟一一扯开,直露出白得让人害臊的胸脯来,有时还口出一两个脏字,以示感叹,以助情绪。然而有一次我去听他的课,却见他将中山装的风纪扣都扣得严严实实,一举一动全在分寸上,表情冷峻、严肃得让人难以置信。课后我跟他开心:"何不带一二感叹词耳?"他一笑:"一走进教室,一望那讲坛,我顿时有一种神圣感。在上面站了一辈子,我从没说过一个脏字,并非有意,而是自然而然。"

我有同感。我一高兴起来就放浪形骸,并有许多顽童的淘气和丑恶。然而,在临上讲台前一刻,我却完全沉浸到一种庄严的情感之中,完全是"自然而然"。我不能有一点亵渎的行为,甚至苛刻地要求我的听众。生活中的嬉皮士,我无意管他,因为人家也是一种活法。可在课堂上,我绝不容忍其混杂于我庄重的听众之中。曾有那么一位(我估计是社会上来偷听的),穿着一件极短的短裤,一件极敞的汗衫,光着大脚丫,脚蹬一双拖鞋,"吧嗒吧嗒"就来听我讲课,我像受了侮辱似的走过去:"对不起,请出去!"他大概从我的目光中看出什么来了,便很听话地提着书包出去了。后来,我又从听众席上发现了他。他穿着很整洁,极稳重地坐着。我不禁朝他感激地点了点头。

既为圣坛,就得布道。有人提醒着公众:一些人在利用大学讲坛。说得对极了,既然占着,就该利用。不利用是傻瓜,是玩忽职守。倘若把讲坛仅仅理解为传授纯粹的知识,未免浅薄了一些。讲坛应该也是宣扬真理的地方。占住讲坛者,岂敢忘记布道!既给知识,也给品质、人格、真诚和正义。其实,没有后者,一个人怕也是很难获得多少知识的。再说,一个人即使学富五车,但全然无人之骨气,又有何用?我们何必讳言布道呢?别忘了布道。当年的鲁迅不敢忘,闻一多不敢忘,我们敢忘?

既布道,布道者自己就要有正气。他应当坚决捍卫知识的纯粹性。他应善恶分明。他只承认以自己的感受为原则。他不能油滑,见风使舵,像捏面团一般把讲稿随政治风潮变来变去。他给他的听众是一个助教、一个讲师、一个教授的形象,也是一个人的形象。我走到教室门口,总觉得那讲坛很远、很高。我朝它走去,有一种攀登的感觉。我曾有过幻象:我被抛进一个巨大的空间里了,就像走进一座深邃的教堂。我静静地站到讲坛上,等待着铃声,宛如在聆听那雄浑的令人灵魂颤抖的钟声。我喜欢这种肃穆,这种净化了的安宁。我曾多次体味到莫斯科大学一位教授先生的感觉:

"我走上讲坛,我有一种上帝的教士的神圣感。"

也许有一天,我会厌倦北大的讲坛,但至少现在还恋着。恋它一天,我就会有一天的神圣感。

柿　子　树

出了井之頭的寓所往南走，便可走到东京女子大学。井之頭一带，没有高楼，只有两层小楼和平房，都带院子，很像农村。我总爱在这一带散步，而往东京女子大学去的这条小道更是我喜欢走的一条小道，因为小道两旁没有一家商店，宁静的氛围中，只是一座座各不相同但却都很有情调的住宅。这些住宅令人百看不厌。

日本人家没有高高的院墙，只有象征性的矮墙。这样的矮墙只防君子，不防小偷。它们或用砖砌成，或用木板做成，或仅仅是长了一排女贞树。因此，院子里的情景，你大可一目了然。这些院子里常种了几棵果树，或橘子，或橙子……

去东京女子大学，要经过山本家。山本家的院子里长了一棵柿子树，已是一棵老树了，枝杈飞张开来，有几枝探出院外，横在小道的上空。

柿子树开花后不久,便结了小小的青果。这些青果经受着阳光雨露,在你不知不觉之中长大了,大得你再从枝下经过时,不得不注意它们了。我将伸出院外的枝上所结的柿子很仔细地数了一下,共二十八颗。

　　二十八颗柿子,二十八盏小灯笼。你只要从枝下走,总要看它们一眼。它们青得十分均匀,青得发黑,加上其他果实所没有的光泽,让人有了玉的感觉。晚上从枝下走过时,不远处正巧有一盏路灯将光斜射下来,它们便隐隐约约地在枝叶里闪烁。愈是不清晰,你就愈想看到它们。此时,你就会觉得,它们像一只一只夜宿在枝头的青鸟。

　　秋天来了。柿子树这种植物很奇特,它们往往是不等果实成熟,就先黄了叶子。随着几阵秋风,你再从小道上走时,便看到了宿叶脱柯、萧萧下坠的秋景,那二十八颗柿子便一天一天地裸露了出来。终于有一天,风吹下了最后一片枯叶,此时,你看到的只是一树赤裸裸的柿子。这些柿子因为没有任何遮挡,在依旧还有些力量的秋阳之下终于开始变色——灯笼开始一盏盏地亮了,先是轻轻地亮,接着一盏一盏地、红红地亮起来。

　　此时,那横到路上的枝头上的柿子一下子就能数清了。从夏天到现在,它们居然不少一颗,还是二十八颗。

　　二十八盏小灯笼,装点着这条小道。

　　柿子终于成熟了。它们沉甸甸地坠着,将枝头坠弯了。

二十八颗柿子,你只要伸一下手,几乎颗颗都能摸着。我想:从此以后,这二十八颗柿子,会一天一天地少下去的。因为,这条小道上白天会走过许多学生,而到了深夜,还会有一个又一个夜归的人走过。而山本家既无看家的狗,也没有其他防范。我甚至怀疑山本家只是一座空宅。因为,我从他家门前走过无数次,就从未见到过他家有人。

柿子一颗一颗地丢掉,几乎是一件很自然的事情。

这些灯笼,早晚会一盏一盏地被摘掉的,最后只剩下几根铁一样的黑枝。

然而,一个星期过去了,枝上依然是二十八颗柿子。

又过去了十天,枝上还是二十八颗柿子。

那天,我在枝下仰望着这些熟得亮闪闪的柿子,觉得这个世界有点不可思议。

十多年前,我家也有一棵柿子树——

这棵柿子树是我的一位高中同学给的。起初,母亲不同意种它,理由是:你看谁家种果树了?我说:为什么不种?母亲说:种了,一结果也被人偷摘了。我说:我偏种。母亲没法,只好同意我将这棵柿子树种在了院子里。

柿子树长得很快,只一年,就蹿得比我还高。

又过了一年。这一年春天,在还带有几分寒意的日子里,我们家的柿子树居然开出了几十朵花。它们娇嫩地在风中开放着,略带了几分羞涩,又带了几分胆怯。

每天早晨,我总要将这些花数一数,然后才去上学。

几阵风,几阵雨,将花吹打掉了十几朵。看到凋零在地上的柿子花,我心里期盼着幸存于枝头的那十几朵千万不要再凋零了。后来,天气一直平和得很,那十几朵花居然一朵也未再凋零,在枝头上很漂亮地开放了好几天,直到结出了小小的青果。

从此,我就盼着柿子长大成熟。

这天,我放学回来,母亲站在门口说:"你先看看柿子树上少了柿子没有。"

我直奔柿子树,只看了一眼,就发现少掉了四颗——那些柿子,我几乎是天天看的,它们长在哪根枝上,有多大,各自是什么样子,我都是清清楚楚的。

"是谁摘的?"我问母亲。

"西头的天龙摘的。"

我骂了一句,扔下书包,就朝院门外跑,母亲一把拉住我:"你去哪儿?"

"揍他去!"

"他还小呢。"

"他还小?不也小学六年级了吗?"我使劲从母亲手中挣出来,直奔天龙家。半路上,我看到了天龙,当时他正在欺负两个小女孩。我一把揪住他,将他掼到了田埂下。他翻转身,躺在那里望着说:"你打人!"

"打人？我还要杀人哪！谁让你摘柿子的？"我跳下田埂，揪住他的衣领，将他拖起来，又猛地向后一推，他一屁股跌在地上，随即哇哇大哭起来。

"别再碰一下柿子！"我拍拍手回家了。

母亲老远迎出来："你打人了？"

"打了。"我一歪头。

母亲顺手在我后脑勺上打了一巴掌。

过不一会儿，天龙被他母亲揪着找到我家门上来了："是我们家天龙小，还是你们家文轩小？"

我冲出去："小难道就该偷人家东西吗？"

"谁偷东西了？谁偷东西了？不就摘了你们家几颗青柿子吗？！"

"这不叫偷叫什么？！"

母亲赶紧从屋里出来，将我拽回屋里，然后又赶紧走到门口，向天龙的母亲赔不是，并对天龙说："等柿子长大了，天龙再来摘。"

我站在门口："屁！扔到粪坑里，也轮不到他摘！"

母亲回头用手指着我："再说一句，我把你嘴撕烂。"

天龙的母亲从天龙口袋里掏出那四只还很小的青柿子，扔在地上，然后在天龙的屁股上连连打了几下："你嘴怎么这样馋？你嘴怎么这样馋？"然后，抓住天龙的胳膊，将他拖走了，一路上不住地说："不就摘了几个青柿子吗？不

111

就摘了几个青柿子吗?就像摘了人家的心似的!以后,不准你再进人家的门。你若再进人家的门,我把你腿砸断……"

母亲回到屋里,对我说:"当初我就让你不要种这柿子树,你偏不听。"

"种柿子树怎么啦？种柿子树也有罪吗？"

"你等着吧。不安稳的日子还在后头呢。"

后来,事情果然像母亲所说的那样,这棵柿子树使我们家接连几次陷入邻里的纠纷。最后,柿子树上只留下三颗成熟的柿子。望着这三颗残存的柿子,我心里觉得很无趣。但,它们毕竟还是给了我和家人一丝安慰:总算保住了三颗柿子。

我将这三颗柿子分别做了安排:一颗送给我的语文老师(我的作文好,是因为她给了我很大的帮助),一颗送给摆渡的乔老头(我每天总要让他摆渡上学),一颗留着全家人分吃(从柿子挂果到今天,全家人都在为这棵柿子树操心)。

三颗柿子挂在光秃秃的枝头上,十分耀眼。

母亲说:"早点摘下吧。"

"不,还是让它们在树上再挂几天吧,挂在树上好看。"我说。

瘦瘦的一棵柿子树上挂了三个在阳光下变成半透明的柿子,成了我家小院一景。因为这一景,我家本很贫乏的院子就有了一份情调、一份温馨、一份无言的乐趣,我就觉得只有我们家的院子才有看头。这里人家的院子里都没有长什么果树。之所以有那么个院子,仅仅是用来放酱油缸、堆放碎砖烂瓦或用作烧柴的树根的。有人来时,那三颗柿子总要使他们在抬头一瞥时,眼里立即放出光芒来。

几只喜鹊总想来啄那三颗柿子,几个妹妹就轮流着坐在门槛上吓唬它们。

这天夜里,我被人推醒了,睁眼一看,隐约觉得是母亲。她轻声说:"院里好像有动静。"

我翻身下床,只穿了一条裤衩,赤着上身,哗啦一下抽掉门闩,夺门而出,只见一个人影一跃,从院里爬上墙头,我哆嗦着发出一声大喊:"抓小偷!"那人影便滑落到院墙那边去了。

我打开院门追出来,就见朦胧的月光下有个人影斜穿过庄稼地,消失于夜色之中。

我回到院子里,看到那棵柿子树已一果不存,干巴巴地站在苍白的月光下。

"看见是谁了吗?"母亲问。

我告诉母亲有点像谁。

她摇摇头:"他人挺老实的。"

"可我看像他,很像他。"我仔细地回忆着那个人影的高度、胖瘦以及跑动的样子,竟向母亲一口咬定:"就是他。"

母亲以及家里的所有人都站在凉丝丝的夜风里,望着那棵默然无语的柿子树。

我忽然冲出院门外,大声叫骂起来,夜深人静,声音显得异常宏大而深远。

母亲将我拽回家中。

第二天,那人不知从哪儿听说我们怀疑他偷了那三颗柿子,闹到了我家。他的样子很凶,全然没有一点"老实"的样子。母亲连连说:"我们没说你偷,我们没说你偷……"

那人看了我一眼,往地上吐了一口唾沫:"不就三颗柿子嘛!"

母亲再三说"我们没有说你偷",他才骂骂咧咧地走去。

我朝柿子树狠狠踹了几脚。

母亲说:"我当初就说不要种这柿子树。"

晚上,月色凄清。我用斧头将这棵柿子树砍倒了。从此,我们家的院子又变成了与别人家一样单调而平庸的院子……

面对山本先生家的柿子树,我对这个国度的民风,一面在心中深表敬意,一面深感疑惑:世界上竟能有这样纯净的民风?

那天,中由美子女士陪同我去拜访前川康男先生。在前川先生的书房里,我说起了柿子树,并将我对日本民风的赞赏告诉了前川先生。然而,我没有想到前川先生听罢竟叹息了一声,然后说出一番话来,这番话一下子颠覆了我的印象,使我陷入了对整个世界的茫然与困惑。

前川先生说:"我倒希望有人来摘这些柿子呢。"

我不免惊讶。

前川先生将双手平放在双膝上:"许多年前,我家的院子里也长了一棵柿子树。柿子成熟时,有许多上学的孩子从这里路过,他们就会进来摘柿子,我一边帮他们摘,一边说,摘吧摘吧,多吃几颗。看着他们吃得满嘴都是柿子汁,我们全家人都很高兴。孩子们吃完柿子上学去了,我们就会站到院门口说,放了学再来吃。可是现在,这温馨的时光已永远地逝去了。你说得对,那挂在枝头上的柿子是不会有人偷摘一颗的,但面对这样的情景,你不觉得人太谦谦君子、太隔膜、太清冷了吗?那一树的柿子竟没有一个人来摘,不也太无趣了吗? 那柿子树不也太寂寞了吗? "

回来的路上,我一直在心中回味着前川先生的话。他使我忽然面对着价值选择的两难困境,不知如何是好了。

我又见到了山本家的柿子树。我突然感到那一树的柿子美丽得有些苍凉。它孤独地立着,徒有一树好好的果实。从这里经过的人,是不会有一个人来光顾它的。它永不能听到人在吃了它的果实之后对它发出的赞美之辞。我甚至想到山本先生以及山本先生的家人也是很无趣的。

我决不能接受我家那棵柿子树的遭遇,但我对本以欣赏之心看待的山本家的柿子树的处境,也在内心深处生出了悲哀之情。

秋深了,山本家柿子树上的柿子终于在等待中再也坚持不住了,只要有一阵风吹来,就会从枝上脱落下三两颗,直跌在地上。那柿子实在是熟透了,跌在地上,顿成糊状,像一摊摊废弃了的颜料。

还不等它们一颗颗落尽,我便不再走这条小道了。

也就是在这个季节里,我在我的长篇小说《红瓦》中感慨良多、充满纯情与诗意地又写了柿子树——又一棵柿子树。我必须站在我家的柿子树与山本家的柿子树中间写好这棵柿子树:

在柿子成熟的季节里,那位孩子的母亲总是戴一块杏黄色的头巾,挎着白柳篮子走在村巷里。那篮子里装满了柿子,她一家一家地送着。其间,有人会说:"我们直接到柿子树下去吃便是了。"她说:"柿子树下吃归柿子树下吃,但在柿子树下又能吃下几颗?"她挎着柳篮,在村巷里走着,与人说笑着,杏黄色的头巾在秋风里优美地飘动着……

书香人家

人民文学出版社决定出版一套"两代人"丛书,这无疑是个好创意。在"约稿协议"中,编者已侃侃而谈了一连串有关这套丛书的意义,自然也全都在道理上。

大概自有人类历史以来,处于任何一个时段上的两代人都不是很和谐的。一代人生下了一代人,本想使下一代人成为自己的扩大与延伸的,但事实上,下一代人一旦有了经验、有了思想、有了独立辨析的能力时,则开始逆反、背离,甚至是对抗。这令人困惑、不可思议甚至令人恼怒与绝望的下一代人,总不肯安于上一代人温暖的羽翼之下,总不肯顺上一代人的心思去言语和行动。对立会因为一个具体家庭双方的理解能力、教养状况的不同而程度不同,但对立却几乎是绝对的。理智的双方希望用对话来消除横亘在他们中间的、无形的、不知名的隔阂,但,许多时候,双方都发现,他们只是在独语,谁都没能做到尽可能地聆听对方言语的表层意思以及深层含义,悉心揣摩对方的真正心思,而只顾各说各的,看似对话,其实还是没有对象的独语。

于是,双方都觉得委屈、寂寞与孤独,甚至会各自感到悲伤——悲伤到流泪。

回头看看历史,看看周围的世界,这两代人的"不和"以及如何调和以致和谐,是随一个时代、一个国家的文明程度而有不同的态度与处理方式的。在专制时代里,永远是上一代人的时代——上一代人根本就不会有对话意识,有的只是独语——绝对的独语,并且认定,这份独语是天下唯一的言说,作为他的"骨血",下一代人只有聆听与服从。最让上一代可心的是,下一代人能够对他的独语发出柔和而充满敬意的和声。这样的时代终于在许多民族与国家那里被唾弃了,社会在强化一个道理:下一代人必然要走出上一代人的影子,而且肯定是合乎社会发展逻辑的。"一代不如一代"的想法一点一点地被打压了下去,社会在尽可能地提醒和规劝人们应当充分理解下一代人。这种氛围形成既久,下一代人倒经常被以各种言词赞颂了:你们好像八九点钟的太阳……

专制时代的态度肯定不可取。然而,这文明时代的上一代人没完没了的自责、忏悔似乎也存有一个度的问题。其实,两代人的"不和",无非是因为世界的变化使他们的价值观发生了变化，而价值观虽然总的来说是进化的，但在许多情况之下，双方所执的也都是合理的。为了求得一个和谐，一个圆满，上一代人唯恐自己不够理解，生怕自己是落伍的，一味地反思自己，一味地去迁就下一代人，大概也未必是妥当的。现代学说强调两代人应互为教育，这一点作为原则是确切的。但上一代人所承担的教育下一代人的义务，可能还是应该多一些。从一般意义上说，上一代人是教育者，下一代人是被教育者，大概也还是说得通的。比如，一个孩子，若按人的天性，是不会勤劳的——人的天性是懒惰的，而此时，父母就必须教导他，告诉他一些诸如"勤劳是美德""奋斗才有生命的快意"之类的道理。平等，只应从人权意义上讲。

这些年来，我们似乎将两代人的"不和"渲染得太重了一些。其实也没有什么大不了的事情。在经过一段时间的独语之后，总会有一次让双方感到温馨、欣慰甚至激动的对话——几乎分不出彼此的对话，不是双方的退让，而是找到了共同的话语。其情形犹如乌云压城，随着一阵风暴，将会有倾盆大雨，大雨过后，会有一片万里无云、朗日高照的天穹。此时，不是各自身份的淡化——淡化到仅仅成为朋友，而是恰恰相反，父亲就是父亲，儿子就是儿子，两者都是正常社会的合理角色，都有一个守着自己本分的责任。

紧张之后的松弛反而刺激了一个家庭的和谐——终

于达到圆满状态的和谐。

父辈的亲切与威严,子辈的淘气、谦恭与懂事,所有这一切,使一个家庭保持了一种有质量的和谐。

我们在谈论代际问题时,往往还忽略了很重要的一点:尽管双方在思想观念、价值观念乃至行为方式上处于对立状态——有时对立到刀光剑影的地步,但却抹不去一份人伦亲情。有人伦亲情在那里牢不可破地垫底,那份和谐终于还是成为永恒。看了这"两代人"丛书的一些文字,我更多地感受到的是一种让人感动的两代之情——淡淡的却是深深的、伤感的却是让人欣慰的、与日月同在的一份亲情。因这份亲情,似乎永久的冷漠会在顷刻间随风而逝。双方会忘却一切不愉快的记忆,剩下的只有一番心的感动与眼的潮湿。而更多的情况是,因这份亲情,使得思想再对立的双方也能始终保持"一团和气":双方都以一番嬉笑的心态去看对方的言行,与己格格不入的东西反而成了家庭幽默的滚滚不息的资源,双方的不分长幼的善意调侃使家庭总有一番放肆的或故意绷着脸的快意。

真正的,上一代的精神成了下一代的财富;真正的,下一代的精神,使上一代的精神保持住了鲜活。

两代人组成了历史。历史呈绵延状态,今天含有昨天,也含有明天。一代一代的,就以这样的状态繁衍了下去,社会也随之一步一步地走向文明。他们之间的界限,其实是模糊的,是牛奶刚倒进咖啡杯时的那种模糊,各是自己,但边缘正在融合。也许,那样一种状态,是世界上最美妙的状态。

　　这里所选择的两代人,全都在书香人家。这样的家庭在中国只是少数。在这些家庭里,有一种特殊的文化氛围与一种特殊的生活情调。在这里,两代人的相处是讲究格调与韵味的。如此家庭,对话是较容易发生的,尽管各自都有内心的独语。在这里,语言交流几乎成为必须,也成为自然。语言的快感,是双方都需要的。在不知不觉中,他们已经掌握了一种美好的、双方都乐于接受的交流方式。他们用的是别样的语言,使用这些语言时,用的是别样的心情,这种心情出于别样的心境。他们喜欢文字——父母自不必说,因为他们是作家,本来就是伺候文字的,儿女似乎也喜欢文字——用文字去组织一个世界,用文字去外化内心的一切。

　　对于绝大多数家庭而言,这样的家庭是陌生的,而陌生就会有一种魅力。

　　编者还可以组织非作家家庭的两代人的对话,那种朴质的、具有张力的甚至粗粝的对话,那种要么热得如火要么冷得如冰的相处,那种千年不语只在内心涌动的父子情感,那种原生的、没有被文化浸染与雅化的生存景观,也许自有另外一番价值与味道。

121

童　年

　　听母亲说,我小时长得很体面,不哭,爱笑,爱整天转着眼珠打量人、揣摩人,很招人喜欢。我家住在一条大河的边上,庄上人家也都沿着河边住。我一两岁时,常被人家抱去玩,然后就沿着这条大河一家传一家,有时竟能传出一两里地去。母亲奶水旺,憋不住了就找我,可总要花很大工夫才能将我找回。重新回到她怀抱时,我也不肯再喝她的奶了。因为,那些也正在奶孩子的母亲已经用她们的奶喂饱了我。母亲说,我是吃了很多母亲的奶长大的。当然,后来我却慢慢地长丑了,也不再那么让人喜欢了。

　　长到三岁,我就已经变得有点"坏"了。我到风车跟前玩,不小心,穿一身棉衣摔到水渠里。我一骨碌儿爬上来,一声不哭地回到家,将湿衣服全部剥下,钻到被窝里。当母亲回来要打我时,我却一口咬定:"是爷爷把我推到了水里的。"被陷害的爷爷不恼,却很高兴,说:"这孩子长大了有出息。"当然,长大了以后,我却从未生过害人之心。至于有无出息,这就很难说了。当长到精着身子拿根树枝在地里、河边到处乱走时,倒也做了不少坏事。比如在田埂上挖陷阱让人摔跟头、将人家放在河边的盆碗推到深水之中,等等。但我不恶,没有让人讨厌。另有一点,不管谁逗我(甚至用稀泥涂满我全身),我都未恼过,未骂过人。如今回到老家时,那些大爷还在说:"文轩小时候不会骂人。"其实骂人还是会的,我只是在小孩中间骂,不骂大人罢了。

长到九岁时,我已是一个贪玩、想入非非、不能管束自己、总是忘记大人的训斥和告诫的孩子。正在课堂上听课,见到外面有一条陌生的白狗走过,竟忘了讲台上的老师在讲课,"呼"一下冲出教室撵狗去了,后来遭到老师严厉的惩罚。印象最深的一次是跟一个大我三岁的大孩子偷偷离家出走,去县城看国庆焰火。当时,只有水路通往县城。我身边只有一块钱,还是从父亲的口袋里摸来的。那个大孩子也只有一块钱。这两块钱不能买船票,得留着到城里看电影、看焰火时买小食品吃(这在当时,几乎是一种奢侈的安排)。于是,我们步行三十几里来到县城。到达时,天已晚。我们向人打听哪儿放焰火,回答是哪儿也不放焰火。此时,我们身体疲乏难熬,既不想下馆子,也不想看电影,只想睡觉。我们在一个黑森森的大门洞里找到了一条大长凳,倒头就睡。不知什么时候醒来了,见满天大亮,便商量说买小笼包子吃,吃饱了就回家。于是,就出了大门洞,走上大街。街上空空荡荡,竟无一人,这让我们好生奇怪。正纳闷着,走过几个民警来,将我们逮住,押到一幢房子里。我们一看墙上的钟,才知是夜里十二点。刚才见天大亮,实际上是城里的灯火在大放光明。我们被关在屋子里,像两个傻瓜。当时,我们不知道为什么被关。长大了才知道,那是节日里的"宵禁"。天真正亮了,民警放了我们。

小时的印象很多,其中之一:穷。

我的家乡苏北是以穷而出名的。我的家一直是在物质的窘迫中一日一日地度过的,贫穷的记忆极深刻。我吃过一回糠,一回青草。糠是如何吃的,记不得了。青草是我从河边割回来的。母亲在无油的铁锅中认真地翻炒,说是给我弄盘"炒韭菜"吃。十五天才能盼到一顿干饭。所谓干饭,只有几粒米,几乎全是胡萝卜做成的。整天喝稀粥,真正的稀粥,我永远忘不了那稀粥。读中学时,每月菜金一元五角,每天只用五分钱。都是初二学生了,冬天的棉裤还常破绽百出,吐出棉絮来(当地人叫"出板油"),有时甚至露出一点臀部来,这使我在女孩子面前总觉得害臊、无地自容,总是下意识地将身子靠住墙壁或靠住一棵树,尴尬而腼腆地向她们憨笑。我最不耐烦的季节是春天:青黄不接,春日又很长,似乎漫无尽头。春天的太阳将人的汗毛孔烘得一一舒张开来,使人大量耗散着体内的热量。饥饿像鬼影跟踪着人,撵着人。我巴望太阳早点沉没,让夜的黑暗早点遮住望见世界的渴望生命的眼睛, 也遮住——干脆说死了——饥饿的欲望。按遗传,我应是一位所谓身材伟岸的男子。然而,这一遗传基因被营养不良几乎熄灭了。我甚至觉得我的脑子都被饿坏了。有一度时间,我竟然粘在地上不肯往上长。这引起家里人的恐慌:莫是个小矮子!常常仰视使我有一种自卑感,特别是当我走到高个孩子跟前时,莫名的压抑便袭往心头。大年三十晚上,我就带着要长高的渴望,勇敢地爬门板。这是当地的一种迷信,据说这样可以长得比门板长。无论怎样努力,后来也没有长得比门板长。但基因的不屈不挠,使我忽然又拔高了一截。饥饿的经历刻骨铭心。因此,现在我对吃饭很在意、很认真,甚至很虔诚,并对不好好吃饭的人大为不满。

但,我又有着特别美好而温暖的记忆。

我有一位慈祥的老祖母,她是一个聋子。她有一头漂亮的银发,常挂着拐棍,倚在门口,向人们极善良地微笑着。她称呼我为"大孙子"。后来我远行上大学了,她便日夜将我思念。她一辈子未走出方圆三里的地方,所以根本不知道三里外还有一个宽广无垠的大世界。她认为,这个世界除了她看见的那块地方外,大概还有一处,凡出门去的人都一律是到那一处去的。因此,她守在大路口,等待从那地方归来的人。一日,她终于等到一位军人,于是便向人家打听:"你见到我大孙子了吗?"

　　母亲对我的爱是本能的,绝对的。她似乎没有任何食欲,我从来也没有见过她对哪一种食品有特别的欲望,她总是默默地先让孩子们享用,剩下的她随便吃一点。父亲的文化纯粹是自学的,谈不上系统,但他又几乎是一个哲人。一次,我跑到八里地外的一个地方看电影,深夜归来,已饿得不成样子了,但又懒得生火烧饭去。父亲便坐起身,披件衣服对我说:"如果想吃,就生火去做,哪怕柴草在三里外堆着,也应去抱回来。"就在那天晚上,他奠定了我一生积极的生活态度。

　　还有那片独一无二的土地,也给了我无限的情趣和恩泽。这是一个地地道道的水乡。我是在"吱吱呀呀"的橹声中,在渔人"噼噼啪啪"的跺板(催促鱼鹰入水)声中,在老式水车的"泼刺泼刺"的水声中长大的。我的灵魂永远不会干燥,因为当我一睁开眼时,一眼瞧见的就是一汪清水。在我的脑海里所记存着的故事,大半与水相关。水对我的价值绝非仅仅是生物意义上的。它参与了我之性格、我之脾气、我之人生观、我之美学情调的构造。

　　这一切使我"舞文弄墨"成为可能。苦难给了我幻想的翅膀。我用幻想去弥补我的缺憾和空白,用幻想去编织明天的花环,用幻想去安慰自己、壮大自己、发达自己。苦难给了我透彻的人生经验,并给我的性格注进了坚韧。难怪福克纳说一个作家最大的财富莫过于他有一个苦难的童年。祖母、父亲和母亲给了我仁爱之心,使我从不知道何谓仇恨。我从未抓住不放地仇恨过任何人。我始终觉得,世界是善的,尽管我常常看到恶的肆虐。那片土地给了我灵气、题材、主题和故事。开门可见的水湿润了我的笔,使我能永远亲昵一种清新的风格。

永远的音乐

我的六年小学生活里一直有徐先生这个形象。

徐先生与其他先生都不一样。其他先生,虽是先生,但都因是穷乡僻壤的先生,一个个并无多少知识分子的痕迹,与那些地里干活的农人实无多少区别。他们中的一些人,一边上着课,一边还惦记着家里的农活;站在讲台上,总让人觉得他们是刚从地里来的。而徐先生是一位真正的先生。他一年四季总是干干净净的,全身上下不肯沾一丝灰尘;头发很精心地梳理过,决不让一根头发不合规矩;一双手,除了沾了一些雪白的粉笔灰,总是那么白净——一双真正的书生的手。他的吃相也与其他先生区别开来:即便是在那样一个让人时刻处于饥饿状态的年代,徐先生见着一盘好菜也决不显出一副失去自尊的虎狼样,而是很平静地坐着,等无数双筷子都已将那盘菜扫荡一番了,他才将筷子很斯文地伸过去。

徐先生不常回家,除了上课,所有的空闲时间都独自一人待在小屋里拉胡琴。徐先生的胡琴是这个地方上拉得最好的,没人能比。但徐先生不喜欢到大庭广众之下去拉给别人听。他毫无表演之心。他拉胡琴,拉出那么美妙的音乐来,就是供自己享受的。他沉浸于其中,常常无法摆脱,能从早直拉到晚上。

我父亲是这所小学的校长。我的家也就在这校园里。我是在徐先生的胡琴声中长大的。是徐先生的胡琴使我懂得了什么叫音乐。我在狂野的奔跑中听到那间小屋中流出的音乐时,会有一种临河受清风抚拂的感觉,从而变得安静下来。徐先生的琴声柔和了我这个乡野孩子的粗粝之心,使我从小就在性格里留下了一脉文静。

读到四年级时,我终于迷恋上了胡琴,并且是痴痴地迷上了。我就总坐在徐先生的窗下。当他从我父亲的口中得知他的窗口下总坐着我时,一时显出很有歉意的样子:"我不知道,我不知道……"

那天,他把窗子推开,向我招了招手,让我进他的房间。我顺从了他的手势。那是秋天的一个明朗的下午,他让我在椅子上坐下,将他那把谁也没碰过的沉甸甸的胡琴放在了我的手上:"想学胡琴吗?""想。""我来教你。"

从此,我经常出入他的小屋。六年级时,我已能独自为文娱宣传队拉胡琴了。后来,我上了初中、高中,直到我进

129

北大读书，我总在各式各样的文娱宣传队拉胡琴。胡琴使我在那样一个枯燥平庸的年代得到了许多快乐与满足。并且因为有了它，我少参加了许多沉重难熬的体力劳动。它使我在毫无前途的日子里有了一种位置感与优越感。

几年前，我回故乡时，父亲对我说，徐先生已经去世了。

游　　说

父亲去世之后，我每每总要想起他生前所讲的关于他自己以及关于别人的故事。这些故事是他留给我的一大笔用之不尽的财富。有些，我打算将它们扩展一下写成小说，而有些我则不打算生发它们，老老实实地将它们写成散文或介于散文与小说之间的一种什么东西算了。

这里说的是他任教的事。

我父亲有兄弟二人。祖父考虑到家境不算好，无法让他们兄弟两人都读书，就决定搞政策倾斜：让一个读书，一个不读书。让读书的不是我父亲，而是我大伯。但父亲要读书的欲望很强烈，常偷偷地跟着大伯学认字、学写字。祖父不能让父亲有这样的念头，就把父亲藏着的笔和砚台找出来，很用力地扔到河里。但这依然未能扑灭父亲的读书欲望，祖父只好同意每年冬季农活清闲时，让他念"寒学"。父亲总共念了三个寒学。

大约是在 1953 年,地方上要办一所小学校,找不出很有文化的人来做教师,就有人想到了父亲:"曹小汉(父亲的小名)念过三个寒学。"一位叫德咸的老人,当时是"贫农头子",早在我父亲赤身田野到处玩耍时就很喜欢他,于是说:"就让他做先生。"

那天,父亲正在稻地间的水塘中捉鱼,"贫农头子"德咸老人过来了:"上来,别老捉鱼了。"父亲说:"我喜欢捉鱼。""要让你做先生。"父亲不信:"我只念过三个寒学,还能做先生?那时只念《三字经》《百家姓》,不念大小多少、上下来去。""反正你识字。你明天就去做先生,由我把孩子们吆喝了去。你要知道,副区长是不快活我们办学堂的。我知道他心里的盘算,他外甥刘某人也在后边教书,只一个班,是单小。我们这儿不办学堂,孩子们就得去那儿读书,他那边就变成了两个班,成了双小,刘某人就升了级,成了双小校长。""我还是捉鱼好。"德咸老人把父亲的鱼篓摘了,一旋身,将它甩出去四五丈远,掉在了稻田里。

父亲就这样做了先生。

父亲一上讲台,学生就指着他在下面小声说:"这不是在我家门前水沟里抓鱼的那个人吗?""捉鱼的曹小汉。"

"过去是捉鱼的,现在是先生!"父亲心里说,很庄严地站在讲台上。他刚打开课本念了几行字,就有一个学生站起来说:"你把那个字念错了。"态度很坚定。这个学生头上有秃斑,父亲认得,并知道他父亲识字不少,只是成分不好,闲在家里,就把字一个一个地教给了他。他名叫小八子。父亲立即汗颜,觉得丢人,有误人子弟的惭愧,赶紧转过脸去擦黑板,其实黑板上一个字也没有。擦了一阵,他居然有了主意,一转身朝小八子一笑:"我就是要看有谁能发觉我把字念错了,是小八子!"他朝小八子走过去,"以后你就是班长。下面,你接着把课文念到底。"

父亲从小八子那儿学到了很多字。

父亲是个聪明人,又肯用功,时隔半年,他就足以对付学生了,并开始给人家写对联、写匾、写帖子什么的,还敢用排笔往墙上刷大幅标语。

地方上的人都改了口,不再叫父亲为"小汉",而都叫他"曹先生"或"二先生"了。

于是,父亲的胸脯就挺得很直,走路爱朝天上看,并一路地吼曲子。

刘某人心里就不太舒服。

当时的老师实行轮饭制,今天到学生李家吃,明日到学生张家吃。这天,是刘某人到周家吃。周家北墙上挂着匾,是学生的祖父七十岁生日时几个侄儿送的,上写四字:寿比南山;上款是"姑丈大人七十岁寿辰之禧",下款是几个侄儿的名字,加"敬献"字样。

是父亲写的。

刘某人进得屋来,抬头看着那匾,一笑。

主人颇纳闷。

刘某人吃完中饭,又看匾,又一笑。

主人沉不住气了:"刘先生,莫不是这匾写得有毛病?"

刘某人再一笑。

"你只管说!"

"说了,怕你们生气,还是不说吧。"

"说吧!"

刘某人说:"你们矮下一辈子去啦。应当叫姑父大人,哪能称姑丈大人呢?丈,丈夫,妹丈,是同辈之称。"

姑母见了几个侄儿就责怪:"我说不给你姑父做生日,你们偏要做,做就做吧,送这么一个匾来。"

几个侄儿就一起来找我父亲,把"姑父""姑丈"之类的话说了:"你也真是,不会写呢,就说不会写。"

父亲心中也没底,但表面上很硬:"匾我赔。但我要把话说清楚了,这匾我没有写错。"

可是,一百个人站出来,九十九个不相信我父亲——"在我家门前水沟里抓鱼的那个人"——的辩解。

有些人家就不让孩子来上学了。那个副区长就把这事当笑料(他极善于嘲弄先生,有若干嘲弄先生的故事),走一处说一处,不亦乐乎。

父亲很苦恼,不去学校了,又去地里的水塘、水沟捉鱼。

德咸老人找过来,叫了一声"曹先生"。

父亲说:"我不是先生。"

"你是先生。"

"我不是先生。"

"我说你是先生就是先生。"

"先生还会把匾写错了?"

"匾是写错了,但你还是先生。"

"那我就不是先生。除非说我没把匾写错。"

德咸老人光摇头:"你没把匾写错。明天去区上开先生会。"

区上开会期间,父亲就向那些当地的"学术名流"们(都是过去教私塾的穿长衫的先生)恭敬地请教,并做一副委屈状。

"刘某人欺人太甚!""狗仗人势!"……几位先生先是一阵痛骂,继而花半天工夫论"姑父"与"姑丈",异口同声:"丈与父同义。"

其中一位先生道:"请我们一顿客。"

父亲将八位先生请到镇上酒馆吃了一顿,吃罢,一抹嘴,说声:"走!"四人一路,共分两路,沿河的两岸(这里人家都是傍河而住),由南向北,游说而去。他们挨家挨户地走,绝不放过一家,见人就旁征博引论"父""丈":"父与丈,一个意思。岳父大人,不也叫岳丈大人或丈人吗?"

"丈"为什么就是"父","父"为什么又是"丈",八位先生把那"父"与"丈"考证来考证去,让那些乡民大开眼界。

八位先生都很有名:张先生认识整整一本《康熙字典》,任何生字、冷字、僻字一到他那儿立马读出,平素最喜欢给人正音;黄先生过去是代人捉笔写状纸的,言辞锋利,气势逼人,凡操他的状纸打官司的,就不容易输(他只替弱小者写状纸);周先生写得一手好颜体,此地碑文之类十有八九出自他手;高先生有点传奇色彩,说他先生的先生差一点就做了皇帝的先生,只是因为左腿微跛,在皇上面前走来走去不雅,才没被聘用……

他们的话人们不能不信,于是众人皆认定:"丈"与"父"实属豆腐一碗,一碗豆腐。

刘某人在八位先生游说时躲在草垛后面不敢出来。

父亲又重回小学校做了先生。

刘某人找到挑糖担子的李某人:"你念过四年私塾,而且是全年的。曹小汉才念了三年私塾,还是寒学。本该由你做先生,可你却挑糖担子,走村穿巷的,寒碜。"

这天下雨,他们二人知道天下雨外面不会有行人,就闯到了父亲的小学校,当着众学生的面开始羞辱父亲:"一个捉鱼的,也能做先生!""字写得不错嘛,跟蚯蚓爬似的。""那字写错了,大白字先生。""瞧瞧,瞧瞧,不就穿件黑棉袄嘛！"

学生们便立即用眼睛去看父亲身上那件黑棉袄。

"请你们出去！"父亲说。

他们笑笑，各自找了个空位子坐下："听听你的课。"

父亲忽然发现他是有几十个学生的，就对小八子们说："还不把他们二人轰出去！"

学生们立即站起，朝刘某人和李某人走过去。那时的学生上学晚，年龄偏大，都是有一身好力气的。二人一见，赶紧溜走。

父亲追出门，见他们远去，便转身回教室，但转念一想，又追了出来，大声喊："有种的站住！"把脚步声弄得很响，但并不追上。

河两岸的人都出来看，像看一场戏。

事后，那几位先生都说追得对，就是要让人都看见你在追他们二人，他们二人狼狈逃窜了。

寒假过后，区里开全体先生会，文教干事宣布了先生们的调配方案（每年一次）。八位先生有的从完小调到初小，有的从双小降到单小，有的从离家近的地方调到了离家远的地方……最后宣布：新分来了几个师范生，师资不缺了，曹先生不再做先生了。

众人不服。文教干事说："这是区里决定的。"

散了会，八位先生都不回，走向坐在那儿动也不动的父亲,说:"散会了。"

父亲朝他们笑笑:"我还是喜欢捉鱼。"

"走。"

"上哪儿?"

"酒馆。我们八个人今天请你。"

进了酒馆,父亲心安理得地坐着不动,笑着,只看八位先生抢着出钱。最后八位先生说好:八人平摊。

他们喝着酒,都显得很快乐。

窗外飘起初春的雨丝,细而透明,落地无声。

"以后想吃鱼,先生们说话。"父亲挨个与他们碰杯。

个个不言语。

李先生先有了几分醉意,眯着眼睛唱起来。其他几位先生就用筷子合着他的节奏,轻轻地敲着酒杯。父亲就笑着看他们八位,觉得一个个都很可敬。

李先生唱出了眼泪,突然不唱了。

依旧不言语。

窗外,春雨渐大,一切皆朦胧起来。

高先生突然一拍桌子:"桂生(我父亲的大名)兄……"

父亲一震。他一直将他们当长辈尊待,没想到他们竟以兄相称,赶紧起身:"别,别别别别,折煞我了。"

高先生固执地说:"桂生兄,事情还不一定呢!"

"不一定?!"众人说。

第二日,八位先生又开始了一次游说。这次游说极有毅力和耐心。他们从村里游说到乡里,从乡里游说到区里,又从区里游说到县里。他们分散开去,又带动起一帮先生来游说。他们带着干粮,甚至露宿途中,一个个满身尘埃。他们的神情极执着。此举震动了方圆十八里。

几个月后,副区长调走了。本想换一个区,可哪个区也不要他,他只好自己联系,到邻县一个粮食收购站做事去了。

从此,父亲与八位先生结成了忘年之交。

从此,父亲又做了先生。直到他去世,这地方上的人一直叫他"曹先生"或"二先生"。

有个女孩叫米子学

1996年,北京少儿社别出心裁地做了一个大动作,精心挑选了七八个有才气的少年,让他们自己动手写长篇,将我和陈建功、毕淑敏等也请了去,一对一地进行辅导。我看了许多他们写的作品,觉得写得都不错。一比较,倒替一些成人作家害羞起来:他们哪儿写得过这些孩子?

出版社让我挑选一个,我说:就是米子学吧。

米子学是个女孩,在北京八中读书。

出版社决定出版她的作品时,我将对她的印象、对她的作品的感觉以及由她和她的作品引发出的种种想法都写在了跋里——

一

米子学是一个很有灵性的女孩。这样的女孩并不多。

这样的女孩本来是很多的,但年龄渐长,后来失掉了灵性。

造物主造人,差不多都是给了活生生的灵性的。天下母亲生下的孩子,愚拙、滞钝的大概并不多。但为什么到了后来,倒是有灵性的越来越少了呢?这要怪罪后来的教育。教育并非总是一个美丽的字眼。有些教育是启发人心智的,是引导人走出荒野的,是召唤人拾级而上、往人生的精神大殿攀登的。这些教育把一个原始的人变成了一个文明的人,把一个庸俗的生命变成了一个高贵的生命。靠着这些教育,人类才有了值得炫耀、连自己都感到自豪的历史。而有些教育,则是泯灭人的良好天性,破坏人的原创力,引导人往僵硬、往死板、往毫无生机和雅趣、往庸常、往毫无境界可言的地方去的。这样的教育篱定人的自由想象力,框就人不肯安静的灵魂,并规划出一条贫瘠荒芜的小道,让人的思维顺着它走向荒诞,走向空茫,走向一无所有。

一个孩子接受着这样的教育长大了。他本可以凭借他的天性很好地感受天上的太阳、地上的江河、翱翔的白鹭、暮归的鸦群以及兽语鸟言、花态柳情的,他本可以用他的纯朴道出一番真相的。然而,现在他对这一切却显出了目光呆滞、口齿阻塞的样子。当他终于要用文字将面对这一切的感受表述出来时,我们见到的却是令人悲哀的平庸与俗套,世界在他眼里只是一片苍白与索然无味。

当我们去翻一翻今天的小学生、中学生的作文时,我们就会深陷这种悲哀之中。

令人欣慰的是,米子学却没有被魔法所纠缠。这孩子穿越着人流,依然故我地保持着造物主给她的一番纯真与俏皮。那个让人庸俗化、雷同化、刻板化的环境反而成了她嬉笑的材料。这或许是因为她的个性拒绝了污染和束缚,或许是因为她有一个深谙育子之道、大度宽容的母亲。不仅是她的文字,还有她那些不拘格式、不可言说、有着可爱的稚拙的画,都在给我造成这一印象:米子学就是米子学,米子学必须是米子学。

二

人生应始终保持着一种庄严的态度。庄严是一种必需的品质,庄严也是一种美感。庄严使我们能够对许多重大的事情保持一番认真。庄严还能够使我们净化自己,让自己变得崇高。人生的大量命题都是庄严的:如生,如死,如选择事业,如归入阵营,如婚丧嫁娶。

然而,在庄严的那一边,应有一种反映人生智慧的俏皮。

一味地庄严,将会使我们的人生变得过于单调而沉重。再说,这世界上的事未必都是值得庄严的。俏皮会使人生增加趣味,俏皮还会化解生存的压力,以保持我们的健康心态。俏皮使我们获得了一种弹性。

俏皮还是对那些不应有的庄严(比如那些意在专制的教化)的一种最得力的对抗。你不是庄严吗?我给你俏皮一下,将你的庄严变成可笑之物、之举,使你的庄严被消解得一丝不剩。米子学还是个孩子。她还不一定有清醒的意识,要以俏皮做武器去对抗她不喜欢、不习惯的那些所谓庄严的事件、活动与思想。但,她凭着天性使用了这个武器。她带了一些孩子的淘气与顽皮,把那些似乎神圣的东西恶作剧地戏弄了一下,叫人非常开心。

这世界上的事,其是与非,我们不必急着去做判断。因为许多事情在是与非之间。我们急着去做判断,往往会把事情弄得更糟。我们为什么不能用俏皮一些的态度去看待它们?我们一俏皮,是与非的判断就不能立即做出了。当堂·吉诃德先生披着斗篷,煞有介事地大战风车时,我们能说他什么?我们可以对他做是非判断吗?原捷克作家米兰·昆德拉在谈到幽默的效果时,有一个以往的人在谈幽默时都从未谈到的观点:幽默使道德审判延期。

延期简单的是非判断,既表现出了一种宽容态度,又使作品有了更多的解释。

不过,俏皮必须是有限度的,而不能无节制。过度便是玩世不恭,便是一种不通人情的刻薄。我深信,米子学长大成人之后,无论是为人、为文,都会很有分寸地使用她的俏皮的。

三

在评价米子学的这部作品时,我曾说过:这部作品有点杂乱无章,而好就好在杂乱无章。

这部作品没有人们通常所期待的完整事件,而是一些互为独立的片段。各章规模也很不相等,长的很长,短的很短,轻重不一,参差不齐,是一种"杂烩"。照常规的标准和大家共同认定的模式来看,这部作品是不能成立的。

可是我们要问:这常规与模式又是从哪里来的?不就是我们人自己规定的吗?我们又凭什么那样规定?既然这一切只不过是我们自己规定的,并且又无一定的理由,我们为什么就不能有新的规定,允许别样的东西呢?

小说的传统模式在经过漫长的岁月之后,早已定型了。它几乎使人产生一种错觉:小说就是这样子的;正是因为是"这样子"的,它才叫小说。其实这种模式的经典化、绝对化,使小说在表现存在时,受到了极大的限制,甚至割裂了生活。生活也许有小说所具有的模式,但生活绝非只有这一种模式——这一模式甚至不是常见的模式。常见的模式倒可能是杂乱无章的——琐碎的、大小不等的事件和忽来忽去、很不稳定的人组成了我们的日常生活。那些事件是不连贯的,然而它们堆积在一起,影响了一个人的成长。一件在传统小说看来与主体无关的小事,有时在一个人的成长中所起的作用往往反而是巨大的。而一个只是在一个人的生活中很短暂地闪现了一下、在传统小说中不会被描写的人,往往会使这个人终生难忘,影响这个人一生。

米子学将生活本身的散乱结构作为她这部作品的结构,自然是具有合法性的。

四

米子学的今天只是预示着明天,但并不等于明天。米子学今天能写小说,只是向我们说明,她以后可能还能写小说,并且可能写更多更好的小说,但不能说明她明天就一定能写小说。我们这么说,一是因为,我们无法预测明天的米子学是否还有兴趣写小说;二是因为,我们无法想象她以后的成长:她能在知识与生活方面形成她日后写小说所需要的足够的力量吗?

"超女快男"代替不了人文素养

暑期来了,市面上各种培训班也火了起来:学外语,学绘画,学拉琴,不一而足。前些天看到报道,有些培训班,有数千家长排队报名。家长的心情可以理解,或者为了应试考级,或者为了素质教育,都无可厚非。

只是我想到,如果可以的话,也不妨在暑期里让孩子多看点课外书,多练练笔,多写点文章,这对提高孩子的文化素养和综合素质同样是十分必要的。

近年来,我在大学课堂和其他场合常强调这样一种观点:"能写一手好文章是一个人的美德。"这并非我爱屋及乌,故弄玄虚,而是在传播一种人文教育理念。写作不只是作家、记者等少数人的职业或专利,而是一个人的文化素养和才华的体现。

在人生旅途上奋进的青少年学生,无论将来做什么,都应当意识到:具备良好的写作能力对人生而言肯定不是可有可无的东西。在经济快速发展、文化科技相对滞后的中国,尤其应当重视对青少年语文素养的提升。

　　要提升,就得多写,就得多阅读。我所说的阅读当然不是为考试或炒股而看书的那种阅读,而是为认识世界、丰富情感、增加修养的陶冶性阅读。阅读是吸收人类文明精华、提高修养、增长智慧的最佳途径。写作是提高知识应用能力、提升思想境界、焕发才情的"思维体操"。

　　从一定意义上说,很难想象一个不从阅读中吸收营养、语言表达能力差、写东西很费劲的学生能成为有出息的人。语言文字表达能力(口头和书面)是一个人的文化素养的重要体现,是成才的基石。一个学生到高三还没有读过几本文学名著,一提作文就头痛,视文学为恐龙,这种学生的未来是令人担忧的,上了大学又怎样?因为根基没打牢,是没有竞争力的!

　　如今一提起人文素养、阅读与写作,大家总以为这是"虚"的东西,是"无用"的摆设。其实,恰恰相反,"虚"中有实,"无用"之大用正是语文素养、人文知识的妙用和威力。现在的语文教育,其现状是很让人着急的。

　　道理虽是这么说,但在"满城尽吹选秀风,超女快男闹哄哄"的背景下,还有多少人相信语文对人生的作用呢?在一些擅长搞热闹和花哨、大谈素质教育的校长、老师们眼中,培养语文素养显然不如让学生玩几样乐器、唱唱歌、跳

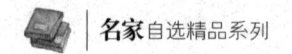

跳舞来得实在。

我们的社会骨子里还存在着很深的"重理轻文"的偏见,我们的教育,其生态环境是失衡的。与其大谈特谈素质教育,还不如首先提高目前中国学生并不乐观的语文素养。而且,对整个中华民族来说,语文水平的提高更是国家文明进步的标志。

关于肥肉的历史记忆

小时候,总想长大了做一个屠夫,杀猪,能顿顿吃大肥肉,嘴上整天油光光的——油光光地在田野上走,在村子里走,在人前走,特别是在那些嘴唇焦干、目光饥饿、瘦骨伶仃的孩子们面前走。

在村子里,一个杀猪的屠夫是有很高位置的人,人们得奉承他,巴结他,得小心翼翼地看他的脸色。你要是让他厌烦了、恼火了、愤怒了,从此就很难再吃到好肉了。所谓的好肉,就是肥肉多瘦肉少的那种肉,厚厚的一长条肥肉上只有矮矮的一溜瘦肉,七分白三分红,很漂亮。

那是一个全民渴望肥肉的时代。

土地干焦焦的,肠胃干焦焦的,心干焦焦的,甚至连灵魂都干焦焦的,像深秋时大风中胡乱滚动着的枯叶,它们互相摩擦,发出同样干焦焦的声音。天干焦焦的,风干焦焦的,空气干焦焦的,甚至连雨都干焦焦的。这是一个正在被风化的世界,一切都已成干土,只要一揉搓,就立即变成随风飘去的粉尘。在那个时代,"油水"是一个令人神往的词,是大词,是感叹词。摇摇晃晃地走在尘土飞扬的路上,身体扁扁地躺在用干草铺就的床上,干瘪的心想着的是流淌的油水,是枯肠焦胃的滋润。肥肉是花,是歌,是太阳。

  一家人总要积蓄、酝酿很长很长时间,几近绝望了,才能咬牙豁出去割一块肉。这时,对肉的盼望是全心全意的、专注的、虔诚的。在敲定了下一次吃肉的日子之后,就会夜以继日地死死咬住这个日子,一寸时间一寸时间地在心中数着。总怕大人反悔,因此会不时向他们强调这个日子,告诉他们还剩多少天就要到吃肉的日子了。平时,即使吃饭也是半饥半饱,更何况吃肉!记得我都念高中了,一个月的伙食费才一块五毛钱,一天五分钱,早晚是咸菜,中午是咸菜汤,上面漂几滴油花。终于等到吃肉的日子了,其实并不能保证你尽情地享受。有些时候,它带有很大的象征性——每个人分小小的一两块。于是,那时候,肥肉就显得弥足珍贵了——花同样的钱,瘦肉解决缺油的能力就远不及肥肉,只有肥肉才具有镇压馋涎的威力。肥肉的杀伤力是那个时代公认的。那个时代,肥肉是美,最高的美——肥肉之美。厚厚的肥膘像玉,羊脂玉,十分晶莹,像下了很久之后已经变得十分干净的雪。凝脂,是用来形容美人的,而凝脂不过就是肥油,而肥肉是可以炼成肥油的。等肥油冷却下来,凝脂就成了最令人神往的美质。

肥肉吃到了嘴里,于是它爆炸了!等待多时,肥肉独有的油香立即放射至你的全身,乃至你的灵魂。你,一块几乎干涸的土地,在甘霖中复苏,并陶醉。后来,你终于平静下来,像一只帆船懒洋洋地停在风平浪静的水面上,没有了前行的心思,觉得所有的一切都已获得,什么样的风景都已见过,心满意足了。

而一个屠夫,直接关系到你对肥肉愿望的满足。这是他的权力。

村里只有一个屠夫,管着方圆四五里地的人的吃肉大事。他姓李,高个,颧骨突出,眼窝深陷,皮肤黝黑,像南亚人。络腮胡子,又浓又密。大人小孩都叫他"大毛胡子",当然只能背后叫。他既杀猪,又卖肉,出身于屠夫世家,杀猪水平超绝:将一头猪翻倒,再将它四爪捆绑,然后抬上架子,打开布卷,取出尺长尖刀,猛一下插入它的心脏,热血立即哗啦喷出,等那猪一命呜呼时,再将它从架子上翻落在地,吹气,沸水褪毛,开膛破肚,一气呵成,堪称艺术,无人匹敌。他卖肉的功夫也很好,问好你要多少钱的或是要多少斤两,就在你还在打量那案上的猪肉时,手起刀落,已经将你要的这一份肉切出,然后过秤,十有八九就是你要的分量,最多也就是秤高秤低罢了。拿了肉的人,回家大可不必再用自家的秤核准。此人一年四季总冰着脸。因为,他

151

没必要向人微笑,更没必要向人谦恭地、奉承地笑。无论是杀猪的刀还是卖肉的刀,都是那个时代权力的象征。

当他将半扇猪肉像贵妇人围一条长毛雪貂围脖一样围在他的脖子上,一手抓住猪的一只后腿,一手抓着猪的一只前腿,迈着大步,扑通扑通地穿过田野时,所有见着他的人都会很热情甚至很谦卑地向他打着招呼,尽管他们知道他热乎乎地打了招呼,他未必会给你一个回应,但还是要打这个招呼的。因为,他是一个卖肉的人。你虽然不能总吃肉,但终究还是要吃肉的。正由于吃肉的机会并不多,因此,就希望吃一次像一次,而要做到这一点,就全看大毛胡子的心情了。准确一点儿的说法就是,就看他能不能多切一些肥肉少切一些瘦肉给你了。

吃肉的质量问题,是一个很大的问题。

让大毛胡子高兴、快活,能在刀下生情,似乎比较困难,但得罪大毛胡子,或是让大毛胡子不快,刀下无情,却似乎很容易。你积蓄了、酝酿了许久,才终于来吃这一顿肉,但他就是不让你如愿吃到你想吃到的肉。这或许是你在给人递烟时没注意到他而没有给他递烟,或许是你们同时走到了桥头而你忘记了先让他过去,或许是他一大早去杀猪,你正巧到门外上茅房,而你竟在撒尿的时候客气地问了个"你早呀",他看到了你的手当时放在了什么不恰当的地方,觉得你侮辱了他……你在不经意间犯下了种种错误,后果就是你吃不到你想吃到的肉。也许,你什么也没有得罪他,但他就是不乐意你、烦你,你也还是吃不到你想吃到的肉。你看着那块已经切下的没有足够肥肉的肉,心里不能接受,脸上略露不快,或是迟疑着没有立即接过来,他要么说一声:"要不要?不要拉倒!"然后将那块肉扔到了肉案上,要么什么话也不说,就将肉扔到肉案上。你要么就连声说:"要!要!我要!"要么就没完没了地、尴尬地站着,结果是后来给你切了一块你更不中意的肉。要么就是肉都卖光了,你吃肉的计划破灭了。由于谁都想吃到想吃的肉,而谁都想吃到的肉是有限的,因此,当大毛胡子背着半扇猪肉还走在田野上时,这天准备实现吃肉计划的人早早地就来到他家候着了。等大毛胡子将半扇猪肉扔到肉案上之后,所有的人都不吭声,只是用眼睛仔细地审视着肉案上的肉,他们默默地、却在心中用力地比较着哪个部位的肉才是最理想的肉,等切过几块到了你想要的那个部位时,刚才还在装着好像仅仅是闲看的你立即上去说:"给我切两斤。"但你看到的情形是:同时有几个人说他要那个部位。当这些人开始争执时,大毛胡子"咣当"一声将切肉的大刀扔在了肉案上。

  买肉,买到了你满意的肉,心里很高兴,但许多时候你会感到很压抑。若是你提了一块长条的肥膘肉走在路上,就会引来许多欣赏的目光,听到有人赞美说"膘好!好肉啊!"的时候,你就觉得你今天是个大赢家。而若是你提了一坨没有光泽的瘦肉走在路上,别人不给予赞美之词时,你就觉得你今天是很失败的,低着头赶紧走路,要不就顺手掐一张荷叶将那肉包上。

最好的最值得人赞美的肉,是那种肥膘有"一拃厚"的肉:"哎呀,今天的肉膘真肥啊!一拃厚!"在说这句话时,你会情不自禁地张开食指和大拇指,并举起来,好像是冲着天空的一把手枪,在向暴民们发出警告。

我们家是属于那种能吃到肥膘"一拃厚"的人家。

屠夫、校长都是这地方上重要的人物,不同的是,校长——我的父亲,是让人敬畏的人,而屠夫——大毛胡子,仅仅是让人畏的人。由于我父亲在这个地方上的位置,加上我父亲乃至我全家对大毛胡子都很有礼(我从不叫他"大毛胡子",而叫他"毛胡子大爷",他很喜欢这个称呼,我一叫,他就笑,很受用的样子),他对我们家从来就是特别关照的。每逢他背回半扇肥膘"一拃厚"的肉,就会在将肉放到肉案上后,跑到大河边上,冲着对面的学校喊道:"校长,今天的肉好!"他从不用一种夸张的、感叹的语气说肥膘有"一拃厚",这在他看来是一种不确切的说法,别人可以说,他不可以说。再说,这也不符合他"死性"的脾气。如果我们家恰逢在那一天可以执行吃肉的计划,就由我的母亲站在大河边上说要多少斤两的肉。我们家从不参加割肉的竞争,等肉案空了,人都散尽,我母亲或者是我才带着已经准备好的钱去取早已切下的那块好肉。我至今还清清楚楚地记得,那块肉总是挂在从房梁上垂下来的一个弯曲得很好看的钩子上。有晚来的人进了屋子,瞄一眼空空的肉案,再抬头观赏一番房梁上的这块肉,知道是大毛胡子留给谁家的,决不再说买肉的事,只是一番感叹:"一块多好的肉!"临了,总还要补充一句:"肥膘一拃厚!"

这样的肉,尽管难得一吃,还是直吃到我离开老家到北京上大学。

到了北京之后,吃肉的问题依然未能得到缓解,我对肥肉的渴望依然那样的旺盛和不可抑制。许多往事,今天说起,让后来的人发笑——

那年,我们大队人马(约有两千多名师生)到北京南郊的大兴的一片荒地上开荒种地,后来我们十几个同学又被派到附近一个叫"西枣林"的贫穷村庄去搞调查,住在了老百姓的家中,白天下地与农民一起劳动,晚上串门搞采访,一天只休息五六个小时,身体消耗极大,而伙食极差。村里派了一个人为我们烧饭,伙食标准比在学校要低得多,为的是在农民们面前不搞特殊化。实际上,我们要比农民吃的还要差许多,也比我在老家时吃的差许多。一天三顿见不到一星儿荤腥,一个多月过去了,就清汤白菜,连油花儿都没有。硬邦邦的窝窝头,实在难以下咽,我们就在嘴里嚼来嚼去,几个男生就互相看着对方的喉结在一下子一下子地上下错动。我觉得它们很像一台机器上正在有节奏地运动着的一个个小小的机关。这天夜里,我感到十分的饥荒,心里干焦干焦的,翻来覆去难以成眠。月光像一张闪光的大饼挂在天上,我的眼睛枉然地睁着,慌慌地听着夜的脚步声。这时,对面的床上,我最好的朋友小一轻声问我:"曹文轩,你在想什么?"我歪过脑袋:"我在想肥肉!"他在从窗外流进来的月光下小声地咯咯咯地笑起来。我问他:"你在想什么?"他说:"我不告诉你!"我小声地说:"你一定也是在想肥肉!"我就将身子向他床的方向挪了挪,朝他咯咯咯地笑,不远处的几个同样没有睡着的同学就很烦地说:"曹文轩,白天就吃几个窝窝头,你哪来的精神,还不睡觉!"

第二天晚上,临睡觉之前,小一跑到门口,往门外的黑暗里张望了一阵,转身将门关紧,又将窗帘拉上,弯腰从床下拿出一个用废报纸包着的东西,然后将睡在这间屋子里的四位同学叫到一起,慢慢地将报纸打开——

"罐头!"

"罐头!"

我们同时叫了起来,小一下意识地回头看了一眼:"小声点儿!"他将一个玻璃罐头高高地举在裸露着的灯泡下,让我们欣赏着。

灯光下的玻璃瓶发出刺眼的光芒,里头是一块块竖着的、整齐地码着的猪肉,它们紧紧地挨着,像一支在走秀的队伍。

小一高个,胳膊也长,他举着罐头瓶,慢慢地转动着:"我在村头的小商店里买的,是从十几只罐头里挑出来的,尽是肥肉!"

"肥肉!肥肉!"我仿佛听到所有在场的人都在心中不住地叫着。

接下来,我们开始打开这个罐头,头碰头,细细品味着。吃完之后,我们轮流着开始喝汤,直到将汤喝得干干净净。最后,小一还是将瓶子举起,放在唇边,仰起脖子,很耐心地等着里面还有可能流出的残液。他终于等到了一滴,然后心满意足地舔了舔舌头。他又用报纸将罐头包好,塞到了床下,然后神情庄重地说:"对谁也不能说我们吃了罐头!"我们都向他肯定地点了点头。我们谁都知道,吃罐头是严重有悖于当时的具体语境的。

我们没有擦嘴,让肥肉特有的那样一种油腻的感觉停留在我们已多日不沾油水的唇上。

这天,住在另一户人家的一位同学来我们这里传达学校的一个通知,才一进屋,就将鼻子皱了起来,然后,像一只狗那样在屋里嗅着,一边嗅一边说:"猪肉罐头味!"

小一说："神经病！"

我们也都说："神经病！"

那个同学看了看我们每个人的脸,用手指着我们："你们吃猪肉罐头了！"

他将身子弯下来,伸长脖子,使劲地嗅着。

我们就不断地说："神经病！"

他终于将脑袋伸到了床下,好在床下一片黑暗,他什么也没看见。最终,他总算在我们一片"神经病"的骂声中放弃了寻找,向我们传达了学校的一个通知后,便疑惑地走了,一边走一边还在嘟囔着："我都闻到了,就是猪肉罐头的味道……"

这个同学闻到罐头味的那一天距我们吃罐头的时间已经相隔八天之久……

读书期间,我回过几次家,那时的农村,情况已稍有改善,吃肉的机会也稍微多了一些。大毛胡子惦记我,知道我回来了,就会隔三差五地在大河那边喊："校长,今天的肉好！"然后对走过的人说："校长家文轩喜欢吃肥肉……"每次回家,我总能吃上几次肉。不久,当我们从南郊荒地回到学校时,吃肉的次数也已经明显增加,我们对肥肉的欲望开始有所减弱。1976年夏天,我们却再一次经历了肥肉的煎熬——

唐山大地震发生后不久,北京大学派出上千名师生到唐山参加抗震救灾。十几辆卡车和大轿子车一路颠簸,将我们运到了实际上已经根本不存在了的唐山。在唐山,北京大学除了有许多诸如"与灾区人们共患难"的口号之外,还有一个十分硬性的规定:"绝不给灾区人们增添一份负担!"那意思就是,我们即使有钱,也不能在唐山消费,一分也不行。所有给养都是由北京大学从北京城运到唐山的,学校车队的几辆卡车昼夜不停地颠簸在北京与唐山相连的道路上,而那时的道路已经被地震严重破坏,往来一趟很不容易,况且余震不断,不时有桥梁再度坍塌或道路再度损坏的消息,维持上千号人的生活极度困难,经常发生粮油短缺的情况。至于吃鱼吃肉,那更是我们的奢望了,况且,在那样一种家破人亡、一片废墟的情景中大吃大喝也不合适。我们要下矿,要帮助清理废墟,要深入医院、矿山采访,写报告文学,在饥一顿饱一顿的状况下,人一天一天地疲惫下来,一天一天地瘦弱下来,眼睛也一天天地亮了起来,是那种具有贼光的亮。想吃肉的欲望,想吃肥肉的欲望,一天一天地,像盛夏的禾苗轰隆隆地生长着。尽管空气里散发着腐烂的尸体气味,令人有呕吐的感觉,但我们吃肉的欲望并没有因此有所削弱。

　　就在众人嘴里要淡出鸟来的时候,学校车队历经千难万险,运来了一车猪肉,伙食房马上接下这批猪肉,开始为我们这些早已面有菜色的师生制作红烧肉。当伙房里的肉味以压倒性优势将腐尸的气味打压下去时,我们一个个喜笑颜开地望着从简陋的烟囱里袅袅升起的炊烟,觉得那烟里也有肉味。

这一回很过瘾,每人可以分得一钵纯粹的肉。

但吃了这顿肉,就不知猴年马月能再吃肉了。因此,很多人不想大快朵颐、只图一时痛快,而是吃得很有节制,慢慢地吃,慢慢地尝——反正都是自己的,也没有人跟你抢。有个上海来的同学,吃得很精细,并且他说服了自己,将一顿的肉分成两顿吃,中午一顿,晚上一顿;先吃瘦肉,再吃肥肉,把过大瘾的时间放在最后。等我们这帮寅吃卯粮、没有计划的人将钵中的肉吃得干干净净,已没有任何吃肉欲望地洗刷钵子时,他的钵子里还有不少清一色的肥肉。他双手端着钵子,特意在我们面前走过,那意思是说:你们这帮家伙,都是一些不会过日子的人!

我们都有点儿后悔自己的贪婪。

那位上海同学很细心地将这些肉在钵子里整理了一下,然后爬上上铺,将钵子放在头顶上方的小小书架上,然后就躺在床上开始学校规定的一个小时午休。

吃了肥肉的人是很容易困的(我一直以为肥肉是醉人的),不一会儿,我们都昏昏入睡。就在大家睡得正香时,一次特大的余震来了,顷刻间,临时搭建的地震房激烈摇晃并激烈颤抖起来。就在大家大呼小叫之时,那位上海同学忽发一声惊呼,大家扭头看他时,就见那只钵子不偏不倚地倒扣在他的脸上,大家一时忘了地震的恐惧,都大笑起来。他抹了抹脸,下意识地舔了舔流淌到嘴边的肉汁。在他那张被肉汁弄得模模糊糊的脸上,我们依然看出了一脸的懊恼。

直到晚上吃饭,他还在唠叨:"早知道,我就中午都吃了……"

那时,我们谁也不会想到,多少年后,吃肥肉竟会是一种有勇气的行为,是好汉才干的事情。现在,一盆切得很讲究的方肉端上桌来,人们就觉得那是一个危险所在,是陷阱,是地雷。吃一块时,脸上的表情有英勇就义的意思。若是桌上有妇女,男人就说:"吃一块,肥肉是美容的。"彼此都知道这是骗人的,是男女之间的一个游戏。我的孩子一度比较瘦弱,我就想让他吃一点肥肉,但这是需要收买的:吃一块肥肉五块钱,后来上升到十块钱,再后来,就是天价他也不吃了。有朋友告诉我,他的女儿一看见肥肉,竟然控制不住地发抖,说那肥肉会动,是一条颤颤巍巍的虫子。

至于说到大毛胡子,十年前见到他时就已垂垂老矣,但老人还以卖肉为生,因为他的儿子们不肯养他。而如今,这地方上,包括他的两个儿子在内,已经有好几个屠夫和卖肉的了。他们都把肉案子摆到人来人往的桥头上,进入了暗暗的却是无情的竞争状态。我每次回家,若是我自己去买肉,就一定直奔老人的肉案。若是母亲或是妹妹们去买肉,我就一定会叮嘱他们:"买毛胡子大爷的!"

如今肥肉成了让人讨厌的东西,连猪的品种都在改良,改良成长瘦肉不长肥肉的猪。这种猪肉总是让人生疑。

在桥头转悠时,一次,我见过一个年轻人嫌老人割给他的肉肥肉太多,很不高兴地将那块肉又咕咚一声扔回到老人的肉案上,一句话没说,扭头就走。

背已驼得很厉害的老人没有一点儿脾气,一双早已僵硬的手在油腻的围裙上搓了又搓,尴尬地朝我笑笑……

天堂之门

1974年9月,我身着一套从一位退伍军人那儿讨来的军服(那是当时的时装),呆头呆脑地来到了北大。录取我的是图书馆系,而当时的图书馆系是与图书馆合并在一块的(简称"馆系合并")。把我弄来的是法律系一个叫王德意的老师。她去盐城招生,见了我的档案,又见了我人,说:"这小鬼,我们要了。"那时北大牌子很硬,她要了,别人也就不能再要了。

分配给盐城的一个名额是图书馆系。那时候,我没有什么念头和思想,眼睛很大很亮,但脑子呆呆的,不太会想问题,连自己喜欢不喜欢图书馆学也不大清楚。我糊里糊涂地住进了31楼(图书馆系的学生全住在这座楼),糊里糊涂地上课,吃食堂,一大早绕着未名湖喊"一二一",跑得上气不接下气。给我们上课的教员很多,后来馆系分家时,我发现他们有的留在了图书馆系,有的留在了图书馆。合并之前他们到底谁是图书馆系的,谁是图书馆的,我至今也不清楚。在大约三个月的时间里,我懂得了什么叫"皮氏分类法",学了一支叫"一杆钢枪手中握"的歌,跟从宁夏来的一个同学学了一句骂人的话,记住了一两个笑话(其中一个笑话是:一个图书馆管理员把小说《钢铁是怎样炼成的》归入了冶金类),认识了许多至今还在图书馆系和图书馆工作的老师。

就在我死心塌地要在31楼住下去时,一日,忽然来人通知我:"你会写东西,走吧,去中文系学习去吧。"当时中文系的学生全住在32楼。搬家那天,给我送行的人很多,从31楼稀里哗啦直到32楼,仿佛我此去定是"黄鹤一去不复返"了。到了中文系,我觉得与周围的人有些生分,感觉不及与图书馆系的老师、同学相处得那么好,于是,我常常往31楼跑(他们说我是"回娘家")。直到今天,我仍与图书馆系和图书馆的一些老师保持着一种亲切。这一点给我后来去图书馆借书带来了不少好处。

到中文系不久,我就参加了大约一周的劳动。这次劳动又与图书馆有关:在馆前挖防空洞。那时,大图书馆刚落成不久。下坑(在我们之前,其他系的学生已经将地面刨开并挖下去好几尺深了)前,有一次动员。动员之后,挖坑的目的便明确了:敌机轰炸时,在图书馆读书学习的几千人来不及疏散,可立即就近钻入防空洞。做动员的是军代表。

他说着说着,就把我们当成了军人;说着说着,就忘了那不过是去图书馆前挖洞,而让人觉得他要把我们带到平型关或台儿庄那些地方去打鬼子。我们面对高高矗立的大图书馆排着队,一脸的严肃和神圣。大家认定了敌机肯定会来轰炸它的,便都觉得确实应该在它的周围挖些洞,并且要挖得深一些。那些天,每天早晨,我们从32楼整队出发,也唱着"一杆钢枪手中握"(实际上只是肩上扛把铁锹),雄赳赳地开赴图书馆。时值寒冬,天气颇冷,我们穿着薄薄的棉衣,在凛冽的寒风中冻得直打哆嗦。但黑板上写道:天是冷的,心是热的。当时我想:心肯定是热的,心不热人不就呜呼了?但我们确实不怕冷,就为了那个信念:图书馆里读书学习的人再也不用怕敌机轰炸了,尽可能安静地坐着去看自己愿意看的书好了。在图书馆东门外的东南方向,我们挖了一口很大很深的洞,下去清烂泥时,要从梯子上下去。那天晚上由我和另外一个同学看水泵。我们扶梯而下,然后坐在坑底的一张草帘上看着最深的地方,见渗出水来了,就启动水泵抽出去。那天的夜空很清净明朗,深蓝一片,星星像打磨过一样明亮。图书馆静静地立在夜空下。坑底的仰望,使我觉得它更加雄伟,让人的灵魂变得净化和肃穆。那时,我倒没有联想到它里面装的那些书对这个世界的进步和辉煌有多么巨大的作用,而是仅仅把它看成一座建筑。这座建筑就足以使我对它肃然起敬,并觉得自己渺小不堪。看来,体积也是一种质量,也是一种力量。深夜,我那位同学倚在坑壁上进入了梦乡,我却因为有些寒冷而变得头脑格外清醒。寒星闪烁,当我把目光从图书馆挪开,从坑口往下移动,去环顾整个大坑时,忽然觉得这口坑像个水库。那时候的人联想质量很差,联想得很拙劣。我竟然勾画出这样一幅图画来:汽笛声忽然拉响,在紧张的空气中震动着,灯火明亮的大图书馆里忽然一片漆黑,一股股人流在黑夜里从各个阅览室流出,流到这个"水库"里,最后把"水库"蓄得满满的。干了一个星期,我们就"撤军"了。这几年,常听人说过去挖的防空洞不太顶用,用一颗手榴弹就能将其顶盖炸开。我死活不肯相信。现如今,图书馆东门外已是一大片绿茵茵的草坪,成了北大一块最舒适,最叫人感到宁静、清爽、富有诗意的地方。夜晚,吹着微微的晚风,年轻的男大学生和女大学生们或坐在或躺在散发着清香味的草坪上,用清纯的目光去望图书馆的灯光,去望一碧如洗的天空,弹着吉他,唱着那些略带忧伤的歌,让人觉察到了一份和平。但当我坐在矮矮的铁栅栏上,坐在我曾参加挖掘而如今上面已长满绿草的洞上时,脑子里常常出现一个似乎平庸的短句:和平之下埋葬着战争。如今这些防空洞有了别的用处。有一段时期,它曾被学生们用来做书店。我下去过一次,并进过几间房子,感觉不太好,隐隐觉得在这地底下做事总有些压抑,总有些不"光明磊落",这地底下尤其不适宜卖书。书应该在阳光下卖,应该在地面上有明亮灯光的屋子里卖,就像读书应在阳光下、应在图书馆这样建在地面上的高大建筑里一样。尽管那些书都是正经书。

从在图书馆系一本正经地学"皮氏分类法"到在中文系为图书馆很卖力地挖防空洞,我的一个深刻印象是:我们将要进入窗明几净的图书馆看书学习了,读书是一件很有意义并且很有趣的事情。然而我却没有真正见过这样的一天。偌大一个图书馆,藏书几百万,但被认定可以供人阅读的却寥寥无几。就这寥寥无几之中又有一些还是很无聊的东西。绝大部分书或被束之高阁或被打入冷宫。可惜的是,这些书似乎是用不着什么"皮氏分类法",谁都会分的。图书馆里也未出现几千人阅读、掀书页之声如蚕食桑之音的生动景象。那时,果真有敌机飞临大图书馆上空,果真扔下许多炸弹来,也不会伤着太多人的。我那时的思想极不深刻,但有农民的朴素:上大学不读书还叫上大学吗?走在图书馆跟前,望着那高大深邃的大门,想着里面有那么多书(这一点我知道,因为我还参加过从旧图书馆往新图书馆运书的劳动),心里头总是想不太明白。那段时间,我只能望着它,却不能从它那里得到恩泽。那时,我觉得它是凝固的、没有活气的、一座没有太大意义的建筑,那大门是封闭的。

后来,我们步行一整夜,脚板底磨出了许多血泡来,到了大兴基地。从此,我就更没有机会踏进图书馆的大门了。这座号称亚洲最大的大学图书馆仅在我梦中出现过几次。我们在大兴开荒、种地、盖房子,偶尔在光天化日之下的田头空地上上几堂课。但我实在喜欢书,因此总觉得很寂寞、很无聊,于是晚上就和几个同学到麦地里逮刺猬,要不就在附近的村子里乱窜,或到养鱼塘边看月色下的鱼跳。那地方很荒,我的心更荒,我常常陷在困惑和迷惘里:我究竟干什么来了呢?过了些日子,学校终于在木板房里设了一个图书资料室。书都是从大图书馆里抽取出来的,上面都盖着大图书馆的藏书章。这总算又与图书馆联系上了。书很少,大多是政治方面的书。当然,有总比没有好。晚上,丢罢饭碗,我就和一个上海同学钻进木板房,将那些书狠狠地看。其中有些书是大部头的哲学书。我逮着就啃,啃着啃着,就出来些味道,便越发使劲地去啃。不曾想到,就从这里我培养了对哲学的兴趣。后来的十几年时间里,我读书的一大部分兴趣就在哲学书籍这里,并把一个观念顽固地向人诉说:哲学燃烧着为一切科学陈述寻找最后绝对价值的欲望;这种不可遏制的欲望,使得它总是不惜调动浑身解数,不遗余力地要把对问题的说明推向深刻;缺乏哲学力量的任何一门科学研究总难免虚弱无力。不久前,我出的一本书就是一本与哲学有关的书。我永远记得那几本陈旧的、盖有图书馆藏书章的哲学书籍。至今我脑子里还有那枚章子的温暖的红色。遗憾的是,在那地方,我终于没有把为数不多的书看完。因为,有人开始在大会上暗示众人:有人把政治书籍当业务书籍来看。我有些胆怯,只好把看书的欲望收敛了些,空闲时到水边看村子里的小孩放马去了。

再后来,我被抽调出来,从大兴基地来到北京汽车制造厂,参加三结合创作小组,写长篇小说。这段时间我倒看了一些书。这要感谢当时图书馆承担为开门办学工作服务的一位老师。他隔一段时间就来看我,来时或用一只纸箱或用一只大包给我带些书来。据说,这位老师前几年离开图书馆做生意去了。那天,我在小商店买酱油碰到过他一次。我朝他点点头,心中不免有些惆怅。

当图书馆完全重见天日时,我已成了教员。20世纪70年代末80年代初,图书馆把人们对知识的渴望和重视充分地显示出来。总是座无虚席,总是座无虚席!中国人毕竟懂得了图书馆的意义。每当走进这片氛围里,我总要深受感动。这里没了邪恶,只有圣洁。那份静穆几乎是宗教般的。我不由得为它祈祷:再不要因为什么原因使你又遭冷落,使你变得冷清,蒙上耻辱的尘垢。

我现在并不常到图书馆去,因为我个人有了一些藏书,但每时每刻我总为它感到骄傲。我想:人们如此向往北

169

大，沾上之后总不愿离去，固然是因为它的那份有名的风气，但其中还有一个很重要的原因，那便是北大有这样一座图书馆。我还想：北大风气之所以如此，也是与这个图书馆密不可分的。我曾在一次迎新会上对新生们说：北大有一个很大很大的图书馆，里面有很多很多的书，它们将告诉你很多很多的道理；你若是在几年时间里感受到了它的存在和价值，才算得上是一个北大的学生。那大门是天堂之门。

乌　　鸦

乌鸦这种鸟,在中国的名声一直不太好。它是一种邪恶之鸟,一种不祥的符号。在中国的电影里,这东西总出现在荒凉的野地或阴气深重的坟场或老宅之背后一株孤独的枯树上,随着突然的一声凄厉而苍老的鸣叫,一种阴险、一种恐惧感便顿时袭上你的心头。

我们并不能说得清乌鸦到底怎么了,但它在我们的感觉上,就是那样一种东西。它与我们之间的距离似乎十分遥远,以至于我们中间几乎没有一个人能较精确地描绘出它的体态、目光与飞翔或行走的样子。它给我们的只是一种印象,一团纯粹的黑色,一个在天边冷飕飕、阴沉沉地飘动着的幽灵。

我小时候,很早地就在一种氛围中感觉到了这种鸟的阴鸷。因此,一见到它立在风车的顶端或从林子里哑然飞过,就赶紧往地上吐一口唾沫,并闭上双目。

上六年级时,我从父亲的书柜中翻出一本鲁迅的《故事新编》来,那里头有篇《奔月》,居然有好多文字是说这样一件事的:羿将天下鸟兽皆射杀,只剩下乌鸦了,他只好射杀乌鸦为他的娇妻嫦娥做炸酱面——乌鸦的炸酱面。我一边毛骨悚然地读这些文字,一边感到有点恶心:乌鸦的肉是可以吃的吗?那天天吃"乌鸦的炸酱面"的嫦娥,倒也没有我的"毛骨悚然"与恶心,但她对这样一种生活似乎大为不满:"又是乌鸦的炸酱面!又是乌鸦的炸酱面!谁家是一年到头只吃乌鸦肉的炸酱面的?"后来,读到嫦娥抛弃羿和家独自飞往月亮上去了,我就在心里很支持她:人怎么能忍受得了总吃乌鸦炸酱面呢?说老实话,我当时在心里不怎么同情那个成了孤家寡人的羿:一个让那样漂亮的老婆一年到头总吃乌鸦炸酱面的人,有甚值得同情?

一句话,乌鸦在我的感觉里一直不太好。

1993年10月,我去日本东大讲学,一住18个月,这才对乌鸦的印象有所修正。

乌鸦在日本文化中的形象似乎并不坏。听说,在日本的传说中还有乌鸦救王子之类的动人故事。在这些故事里,乌鸦倒成了一只勇敢而智慧的义鸟。不管怎么说,日本人不讨厌乌鸦,更无中国人一见乌鸦便要生疑、便有不祥预感的心态。在日本人看来,乌鸦是鸟之一种,很正常的一种,并无特别之处。他们像对待其他鸟一样,完全是用了平常心来对待这些黑色精灵的。

初时,见了东京乌鸦到处乱飞,我心中颇为纳闷:这样的一种鸟怎么在此地竟有如此待遇?甚至,我在第一次上讲台之前听到了它的一声叫喊时,心中还大为不快。那天,我西装笔挺,夹了公文包,颇为"气宇轩昂"地出了寓所。我在心中默念:这第一堂课必须讲好,要讲得特别好。我把自己的信心打到了顶处。就在我走出寓所一百米左右时,寂静无边的天空突然响起一声沙哑的鸦鸣,我就觉得头上明亮的阳光下划过了一道黑影。未等我去看它,又是一声鸣叫,这声鸣叫居然就响在我耳边,随即,我看见一只乌鸦在我眼前一闪而过,鬼鬼祟祟地飞到远处林子里去了。我竟学着小时候的样子,往地上吐了一口唾沫。那几天我心里就一直不痛快,直到知道我的课讲得并不坏为止。

在那里,我实在无法躲避乌鸦,天长日久,从前的感觉渐渐麻木,对乌鸦的成见也变得日益淡漠。

首先,东京的乌鸦对人无任何戒心和畏惧,你根本无法与它拉开距离。它们无处不在,几乎装点了你眼前所见的任何一个画面。我们要去吉祥寺买东西,必经井之头公园,这公园是乌鸦的一个大本营,那里的乌鸦多得满眼都是。它们就在你眼前肆无忌惮地、刷刷地飞,甚至就在你的脚下觅食,挥之不去。那摇摇摆摆很固执的样子,仿佛一定要让你将它看个仔细:我到底是怎样的一种鸟?

173

对乌鸦的阅读完全是被动的。但阅读的结果是——至少是：抛开种种文化的附着，作为纯粹意义上的鸟，乌鸦却是一种难得的禁得起审美的鸟：

那黑才叫黑，如墨、如漆、如星月全无的深夜，且又有光泽，飞起来时像绸缎在阳光下滑动；那分寸得当的喙有着牛角的质地，显出了一些贵重；而两只眼睛更使你觉得你从前的印象简直没有道理——那棕黑的两粒，如珠如豆，晶晶闪亮，无一丝阴森，更无一丝怨毒，恰恰相反，倒有一些纯真、柔和，还有几分只有善目慈眉的老者的眼睛里才有的那种亲和。假如这样一只黑得到位的乌鸦立在一片晶莹的雪地上，其情景如何？假如这样一只黑得到位的乌鸦穿行在如雨的樱花里，其情景又将如何？它在地上走动——不是走动，而是跳动的样子，也很好。我原以为乌鸦在地上的前行是像鸭子一样晃动着往前走，结果发现它根本不会走动，而是轻轻地跳动着前行，很有节奏感。觅食时，偶然受了惊动，会一转脑袋，往天空一望，其神态还有几分憨呆。最值得注意的是它的飞翔。井之頭公园的上空，常有鸽群和野鸭群飞过。鸽子的飞翔固然迷人（我少年时曾被这种飞翔迷得不能自已），但鸽子的飞翔有时候带了少许表演的性质。它们在天上飞，盘旋，忽如旋风一般上升或下降，久久不肯停歇，总让人觉得它们有点在卖弄自己的飞翔。而野鸭的飞翔又过于单调，直通通地、四平八稳地在天上飞,全无一丝变化,加上长脖子短身材的体态,似乎不那么让人觉得飞翔的优美。而它的下降,简直使人觉得笨拙。它们落在水面上时,绝无一点轻盈与优雅,而竟如一块一块的砖头噼里啪啦地直掉在水里。乌鸦的飞翔既不同于鸽子,更不同于野鸭。它不在天上做无谓的盘旋,绝无卖弄之意,但只要是飞,就会将它飞好,飞出样子。它们似乎最喜欢那种从这一株树到另一株树、从屋顶电视接收架到电线杆的顶端、从地上飞到树上或从树上飞到地上这样子的有目的的飞翔。在起点与终点之间,它扇动大翅,潇洒而自如。倘若在行将到达终点之时它忽然改变了降落的主意,此时你就会发现它没有一丝野鸭在突然改变飞行计划时的那种局促与僵硬,而是令人不可思议地穿越了极其有限的枝隙与叶空儿,其情形如一页薄纸得轻风送力,一飘而过,不留一丝改变原意的痕迹。

　　最值得看的是它的那对翅膀。乌鸦之所以飞得那么好,似乎与它的长翅有关,它的翅膀与它的身体相比是超比例的。有时,它立在地上,也会将双翅展开,这时你可得以静观。那翅,黑而优雅。你就会觉得古代白话小说中形容一个女子的漂亮,说眉毛黑如鸦翅、长入鬓角,实在是一个很传神的形容。

　　东京的乌鸦顽强地逼迫着我改变着对它们的看法。我发现在从前几十年的时间中,我对乌鸦的观察实在是极其

175

草率和不负责任的。

乌鸦竟然还是一种很淘气、顽皮的鸟。井之头公园的一些大树下放了一些自行车。这些车大多是被遗弃的。乌鸦们常落在车座上，它们歪着头看看那车座之后，就开始用喙去啄那车座，直啄得那车座全都翻出里面的海绵坐垫。发现里头并无什么内容之后，它们又去啄还未啄过的车座，乐此不疲。有些车，只是在这儿临时放一放，也被啄开了。主人来了，一见如此情景，就会骂它们一句："八格牙鲁！"它们就叫着暂且飞开去，但过不了一会儿，又可能再飞回来做未竟的事业。人们似乎记不住这里有群乌鸦会啄车座，依然把自行车停放在这里。它们还经常把一些东西叼住飞到天上去。我几次看到它们把人扔下的空啤酒易拉罐叼住，飞到枝头或人家屋顶上去，然后在那儿摆弄易拉罐，仿佛要仔细看一看那里头是否还剩下几滴酒好喝。一只乌鸦不知从何处叼得一块白绸，在井之头的上空悠悠飞过，那白绸飞张开来，引得地上的人无不仰头去看。一天，我从东大讲课回来，正走在路上，偶然抬头一看，只见一只绝黑的乌鸦叼了一颗鲜亮如红宝石一般的西红柿在蓝天下飞着。这回，这只乌鸦倒有点表演的心思，在天上长久地飞，竟一时不肯落下。那真是一幅颜色搭配得绝好的画。后来，它终于飞到公园的林子里去了。那一刻，你就觉得天地间一道风景毁灭了。

到了春天,我还发现乌鸦竟是属于那种情感很投入的鸟。这时节,是它们恋爱的季节。这段时间里,井之头一带的乌鸦完全失去了往常很绅士的样子,在枝头飞来飞去,聒噪成一片。它们似乎完全陷入了痴迷与疯狂,不分白天黑夜地在林子间飞翔与追逐,不吃也不喝。那天,我坐在井之头公园的长椅上打量着它们,发现它们一只只皆瘦弱下来,瘦弱得几乎只剩下一对翅膀。那焦渴而无望的目光,简直使人感到震惊。有时,它们之间会发生激烈的冲突,直弄得空中黑羽纷纷。有一只乌鸦竟然疲惫地从枝头跌落了下来。它在昏迷中晃动着站起来,又振翅飞向枝头,那副心力交瘁的样子让人无端地在心里涌出一番同情。

几乎是整整一个春季,它们就这样失魂落魄地燃烧着生命,直到夏季来临,树木苍绿之时,它们才在浓荫中渐渐平静下来。

当然,乌鸦也有可气可恨的一面。对我个人来说,它的不知疲倦的叫唤,使我常不能保持一份写作的宁静。居室不远处有根电线杆,有一只乌鸦居然能持之以恒地从早直叫到晚。我想找根竹竿到外面去轰赶它们,又怕我的日本邻居见了说我们中国人待鸟态度不好,犹豫再三,还是放弃了轰赶。有好几次思路被打断,怎么也接不上去,脑子里一片空白,我竟无聊地去细听起这前前后后的鸦声来。我发现,乌鸦的叫声绝非一种:有发"哇"的,有发"啊"的,那根电线杆顶上的一只,竟然发"呜——啊,呜——啊"。来了一位日本朋友,我问她:"你听得懂鸦语吗?"她笑了:"我听不懂。你听得懂?"我也笑了:"我也听不懂,它们讲的是日语。"日本朋友大笑。

东京井之头的乌鸦耽误了我不少文字,这也是事实。

从日本人的角度来看,由于他们对乌鸦的一味放纵,鸦群无限扩张,也给他们带来了一些麻烦。光乌鸦啄破垃圾袋或到垃圾桶中乱找乱翻这一条,就使他们很伤脑筋。这些乌鸦大清早从林子里飞出去觅食,并不往郊外飞,只是在城市的上空转,见哪条巷里无人,就落下来,三下两下就将那待收的垃圾袋啄开,结果将垃圾弄得满地皆是。对此,日本的电视台常组织专门的却带有几分喜剧性的讨论:如何对付乌鸦?日本人善动脑筋,对付的办法无奇不有。电视里曾做过表演,开始颇有成效,但乌鸦很鬼,往往一种方法试过几次之后,它就识破了,并恶作剧地嘲弄那个方法,使人觉得十分可笑。

日本的乌鸦似乎有城乡两拨,城里有城里的乌鸦,乡下有乡下的乌鸦。城里的乌鸦啄垃圾袋,乡下的乌鸦则偷吃农人的果实。电视里很完整地放映过一段乌鸦偷吃果实、农人想法阻止、乌鸦还是卷土重来的过程:那鸦群如同一支巨大的空降部队,从空中突然降到一块葡萄园里,将那葡萄一粒一粒地啄掉。一个上了岁数的农人敲响盆子,将它们赶走,但农人刚一离开,它们又回来了。农人没法,只好坚守在葡萄园里。但这也不是长久之计,于是农人固定穿了一件棕色的衣服,以便给乌鸦输入一个信号:那农人穿了一件棕色的衣服,穿棕色衣服的是农人。农人假装睡着了,等乌鸦一来,又突然起身,这又给了乌鸦一个信号:我只是躺一躺,并未睡着。这样试了几次,农人见有了效果,便来了个金蝉脱壳之计,将身上的衣服剥下,裹住一个稻草人,让它躺在葡萄园里,自己回家去了。但那些乌鸦智商颇高,高得能识破人的诡计。它们先是在空中不停地飞,不停地叫,然后试探着往下落,往农人脸上屙一泡屎,刚要落下,又突然起飞,这样反反复复地做过之后,便在心里认准了:真人是没有这番好耐心的,就哗啦啦落下,把葡萄架搞得直晃悠。吃饱了,它们竟不立即飞去,在葡萄架上直歇到夕阳西下,方才飞去。第二天,那老农人望着那处不剩几粒葡萄的葡萄园,一脸悲哀,都快哭了。后来,他抓来一支猎枪,然而,他最终也没有向鸦群开枪。

即将离开日本时,我和家人再次去了井之头公园。那时,正是樱花初开时。只见乌鸦们在赏樱的人群里飞来飞去,将春天搞得一派热闹。

回到北京,安顿下来之后,我又开始写东西,但最初的几天竟写不出,问妻子:"我怎么写不出东西来?"

妻子说:"外面的电线杆上没有乌鸦叫。"

我忽然想起了井之头那些似乎已熟悉了的乌鸦,便走出室外,仰望天空。北京的天空空空荡荡,竟无一只乌鸦。

黄昏时,我才终于见到了鸦群。它们飞得很高很高,一副不想与人缩短距离的样子。我知道,这群鸦大概飞了许多的路程,到郊外无人的田野上觅食去,此刻正在返回城里的家。而它们的家决不会在寻常百姓中间,而只是在钓鱼台、中南海里头的一些人伤不着、惊扰不了它们的林子里。

一日看元曲,忽然看到"宫鸦"二字,便穿凿附会地想:这些乌鸦莫非就是宫鸦?

西门小哥

西门小哥活在网络世界中,并且只活在网络世界中。

"网络文学"似乎已成事实了。一日,一家媒体采访我,让我谈谈对网络文学的看法。我问:果真因为网络生长出来了一种区别于以往文学的文学了吗?对方已听惯了网络文学这个字眼,以为这已是一件毫无疑问的事,现在突然被如此发问,就怔住了。于是,我就说了一通我的看法:如果网络文学是一个有效的概念,那么也就是说,我们有了一种新的形态的文学,这种文学与我们通常意义上的文学相比,无论是在形还是在质上都有了很大不同,它是一个种——一个新生长出来的种。而我以为,我现在所见到的大量的标有"网络文学"字眼的文学,其实与我们以前所见到的文学并无什么大不了的区别,只不过是出笼的渠道不同罢了——网络文学不是由纸质媒体发表出来的,而是由电子媒体发表出来的,通常意义上的文学是由印刷厂印刷出来的,而且前者若被很多人看成是文学的话,最终,也还是要由一家出版社认同而后交由印刷厂印刷出来。王明全的小说在网上公布出来之后,不就有很多人觉得读起来不方便,热切希望他能尽快将作品交由出版社出版吗？"在网上发表出来的文学"与"网络文学"可是两个不同的概念。有些出版社为了让人觉得真的有一种网络文学存在,在将一些作品发表出来时,尽量在外观上保持在网上的样子,比如将很多网友跟帖也一并发表了出来,但这除增加了一点新鲜感之外,并没有在实质上改变文学的形态。并且对许多人来说,这是一种让人觉得不痛快的形式,因为人在读书时,只是想一门心思地去读书,不想听到别人在边上对这本书絮絮叨叨,这就像一个人在电影院看电影,不想听人在黑暗里没完没了地议论这部电影一样。人的阅读是一个连续的过程,并且是一个喜欢独自品味作品、独自对作品做出判断的过程,是不喜欢别人打扰、说三道四的。

　　王明全的小说是以网络为题材的小说,并非什么网络小说。我在阅读的过程中就是将他的小说当一般意义上的小说来看的。我用来衡量他的小说的标准,还是从前的文学标准。我有一个非常固执的念头,千变万变,文学的性质不会变,文学的标准不会变——性质、标准是先验的,是从文学出现的那天就和文学一起降临的。若文学性质改变了,标准改变了,它也就不再是它了。

我这样来定位他的小说,不是将他的作品看低了,而恰恰是在高看他的作品。

我说王明全的小说就是我们所说的小说,也并不意味着他的小说就是因循守旧、毫无创新。在写法上,他的小说很具有实验性。他在企图寻找一条别样的小说写作路线。他想从我们司空见惯的写作路数中解脱出来。他最终采取了一个原则:用一种随意的形式。因此,我们现在所见到的他的小说,看上去有点杂乱无章、枝蔓不整:一会儿穿插一首歌,一会儿摘录一篇短小的文章,一会儿将一两首诗词一字不落地附上,一会儿又将一段有关咖啡的小常识一一道来。他将小说扔到一口大锅里,这口大锅里有许多互不相干的东西。然后他就开始搅拌,将这些东西混杂在了一起。他要的就是这个杂。他要对过去小说的纯粹性做一点破坏,让它显得不再那么纯粹。我们在阅读的过程中会有所停顿,有所旁出,其感觉就像一叶扁舟顺流而下,在经过一段时间之后,就会暂时停顿下来,悠闲地看一处风景,然后继续前行。这是一种对节奏的改变。小说不能总在一成不变的节奏中。这些东西的穿插,其意义当不仅仅在这一点,它们还是小说内容的延伸。

小说进入现代形态之后,一大变化就是它的纯粹性受到了挑战。要将小说写成非小说的样子,成了新一代小说家们的一个共同愿望。他们将一些过去的小说不会接纳的东西引进了小说。过去的小说显得有点整齐划一，而现在的有些小说则显得有点乱糟糟。小说看上去像一盆大杂烩。小说观的变化，从根子上讲还是真实观的变化。就生活的实际状况而言，它本就是混沌一团、没有头绪的。既然如此，小说也就没有理由将自己简洁化，看上去一副干干净净的样子。这样的理论一经认可，小说就有了现在的样子——王明全小说的样子。

反修剪、反提炼、反单纯成了小说的风尚。

小说看上去不那么规矩，其实正是写小说的人存心要做的。随意的背后恰恰是刻意。

从网上的反映来看，王明全的小说之所以使一些人喜欢，是因为他的小说里有一种迷人的东西——这个东西叫"忧伤"。

故事是由西门小哥、粉侯、王泣花三人组成的。无论是同性之恋还是异性之恋，都不那么顺当。这不顺当似乎又没有太清晰的原因。他们谁也无法说清楚他们永远无法走到一个点上到底是为什么——就是走不到一个点上，这是没有办法的事情，由不得他们自己。他们都有走到一起的愿望，并且这个愿望还很诗意化。然而，命中注定，他们只能看着就要相会之时却又越走越远。这就是双曲线——几何中的双曲线，各自在空间里优美地飘动，却永远不能相会。

这就使他们感到忧伤,也使我们感到忧伤。

这份忧伤也许是永恒的。文学实际上离不开忧伤,忧伤一直是文学的重要资源。多少年来,文学就一直在开采和享用这一宝贵的资源。也许正是因为有这份忧伤,才有了文学,才使文学有了存在的理由。文学的使命就是来写这份忧伤的,就是来满足那些永远处在忧伤状态的人们的。在阅读过程中,人们与作品发生共鸣,发生交流,最高的境界是阅读者在阅读过程中与文学中的情景混淆了,分不出彼此了,伤心流泪,也不知是为了作品中人,还是为了自己,事情搞得迷迷糊糊,阅读变得毫无理性。

忧伤是一种很有节制的情感。它与那种大悲大痛还很有一段距离。王明全在写这些忧伤时,用了很有分寸的笔调。他将这份感情就控制在那样一个分寸上,不上不下。他不太喜欢感情色彩过于浓烈的字眼和修辞。那些既具有现代感又古色古香的句子,有一种内在的张力,但却没有火气与耀眼的光芒。他的文风不属于江河奔腾、一日千里的那种。

西门小哥、粉侯、王泣花只是忧伤,而不是绝望。

也许这更能深刻地打动我们。一种看来并不强烈的情感其实是一种最经久不衰的情感。

说到底,忧伤是一种美。有些情感是不能作为审美对象的，比如愤怒，比如大放悲声。而忧伤却是永远经得起审美的。我们一旦面对这种情感，就不知不觉地进入了一种审美境界。因为忧伤是一种优雅而高贵的状态。

这个故事，甚至还有点凄美。

中国小说写故事，一般没有这个审美境界。中国当代小说就更没有这个境界。中国小说更喜欢的是凄惨，而不是凄美。凄美有一点寒冷，但不是冰冻三尺时的那种寒冷，确切地说，是凉，而不是冷。

凄美是一种很高级的境界。

王明全的小说虽然不是什么网络文学，但它对网络时代的诠释却是十分深刻的。网络使生活进入虚拟状态。在一种没有物质性接触的精神交流中，人们在一种似真的语境中谈情说爱，甚至满口淫秽之词，好一番爱恨交加、如胶似漆的样子。尽管像真的一样投入，但毕竟有虚拟的成分，经过一段时间的折腾，曲终人散，虽也有伤痛，但毕竟难得要死要活。网络满足了现代人的一种特别的逃避欲望。

西门小哥、粉侯、王泣花是真诚的，这一点毫无疑问，但这毕竟是网上的爱情演习。若他们哪天真的见了面，也许三句话说不到，互相就觉得索然无味。爱情并不纯粹是精神性的，还得看看一个物质性的人。这种体验，我们谁都有过：一个人与另一个人通信，各自的语言文字都让对方有一种很好的感觉，并且双方都有立即见面的欲望。但很激动地终于等到了见面的那一刻,双方却会大失所望:他(她)说话怎么这样难听?他(她)怎么会长成这副模样?双方说了几句客套话,就分手了,并且从此再也不想见到对方。

幸好,西门小哥没有见到粉侯,粉侯也没有见到王泣花。

因为不像实实在在的感情需要担负责任,网络在带给我们释放感情的极大方便的同时,也给我们造成了隔膜。更要命的是,我们会安于这种隔膜,沉湎在这种没有结局的感情游戏之中。这是很毁人的。长此下去,虚拟将会使我们一点一点地挥发掉。因为,一个人来到这个世界上,上帝一共就给了我们这么多的感情。

面对网络,我有一种莫名的伤感。

王明全、西门小哥、粉侯、王泣花也都感受到了。